阅读之前 没有真相

午夜文库

阿加莎·克里斯蒂
赫尔克里·波洛系列

阿加莎·克里斯蒂
Agatha Christie (1890—1976)

无可争议的侦探小说女王，侦探文学史上最伟大的作家之一。

阿加莎·克里斯蒂原名为阿加莎·玛丽·克拉丽莎·米勒，一八九〇年九月十五日生于英国德文郡托基的阿什菲尔德宅邸。她几乎没有接受过正规的教育，但酷爱阅读，尤其痴迷于歇洛克·福尔摩斯的故事。

第一次世界大战期间，阿加莎·克里斯蒂成了一名志愿者。战争结束后，她创作了自己的第一部侦探小说《斯泰尔斯庄园奇案》。几经周折，作品于一九二〇年正式出版，由此开启了克里斯蒂辉煌的创作生涯。一九二六年，《罗杰疑案》由哈珀柯林斯出版公司出版。这部作品一举奠定了阿加莎·克里斯蒂在侦探文学领域不可撼动的地位。之后，她又陆续出版了《东方快车谋杀案》、《ABC谋杀案》、《尼罗河上的惨案》、《无人生还》、《阳光下的罪恶》等脍炙人口的作品。时至今日，这些作品依然是世界侦探文学宝库里最宝贵的财富。根据她的小说改编而成的舞台剧《捕鼠器》，已经成为世界上公演场次最多的剧目；而在影视改编方面，《东方快车谋杀案》为英格丽·褒曼斩获奥斯卡大奖,《尼罗河上的惨案》更是成为几代人心目中的经典。

　　阿加莎·克里斯蒂的创作生涯持续了五十余年,总共创作了八十余部侦探小说。她的作品畅销全世界一百多个国家和地区,累计销量已经突破二十亿册。她创造的大侦探波洛和马普尔小姐为读者津津乐道。阿加莎·克里斯蒂是柯南·道尔之后最伟大的侦探小说作家,是侦探文学黄金时代的开创者和集大成者。一九七一年,英国女王授予克里斯蒂爵士称号,以表彰其不朽的贡献。

　　一九七六年一月十二日,阿加莎·克里斯蒂逝世于英国牛津郡沃灵福德家中,被安葬于牛津郡的圣玛丽教堂墓园,享年八十五岁。

阿加莎·克里斯蒂 侦探作品年表

波洛系列

1920　The Mysterious Affair at Styles《斯泰尔斯庄园奇案》
1923　Murder on the Links《高尔夫球场命案》
1924　Poirot Investigates《首相绑架案》
1926　The Murder of Roger Ackroyd《罗杰疑案》
1927　The Big Four《四魔头》
1928　The Mystery of the Blue Train《蓝色列车之谜》
1932　Peril at End House《悬崖山庄奇案》
1933　Lord Edgware Dies《人性记录》
1934　Murder on the Orient Express《东方快车谋杀案》
1935　Three-Act Tragedy《三幕悲剧》
1935　Death in the Clouds《云中命案》
1936　The ABC Murders《ABC谋杀案》
1936　Murder in Mesopotamia《古墓之谜》
1936　Cards on the Table《底牌》
1937　Dumb Witness《沉默的证人》
1937　Death on the Nile《尼罗河上的惨案》
1937　Murder in the Mews《幽巷谋杀案》
1938　Appointment with Death《死亡约会》
1938　Hercule Poirot's Christmas《波洛圣诞探案记》
1940　Sad Cypress《H庄园的午餐》
1940　One, Two, Buckle My Shoe《牙医谋杀案》
1941　Evil Under the Sun《阳光下的罪恶》
1943　Five Little Pigs《五只小猪》
1946　The Hollow《空幻之屋》
1947　The Labours of Hercules《赫尔克里·波洛的丰功伟绩》
1948　Taken at the Flood《顺水推舟》
1952　Mrs. McGinty's Dead《清洁女工之死》
1953　After the Funeral《葬礼之后》
1955　Hickory Dickory Dock《山核桃大街谋杀案》
1956　Dead Man's Folly《弄假成真》
1959　Cat Among the Pigeons《鸽群中的猫》
1960　The Adventure of the Christmas Pudding《雪地上的女尸》

阿加莎·克里斯蒂 侦探作品年表

1963　The Clocks《怪钟疑案》
1966　Third Girl《第三个女郎》
1969　Hallowe'en Party《万圣节前夜的谋杀》
1972　Elephants Can Remember《大象的证词》
1974　Poirot's Early Stories《蒙面女人》
1975　Curtain—Poirot's Last Case《帷幕》

马普尔小姐系列

1930　The Murder at the Vicarage《寓所谜案》
1932　The Thirteen Problems《死亡草》
1942　The Body in the Library《藏书室女尸之谜》
1943　The Moving Finger《魔手》
1950　A Murder Is Announced《谋杀启事》
1952　They Do It with Mirrors《借镜杀人》
1953　A Pocket Full of Rye《黑麦奇案》
1957　4.50 from Paddington《命案目睹记》
1962　The Mirror Crack'd from Side to side《破镜谋杀案》
1964　A Caribbean Mystery《加勒比海之谜》
1965　At Bertram's Hotel《伯特伦旅馆》
1971　Nemesis《复仇女神》
1976　Sleeping Murder《沉睡谋杀案》
1979　Miss Marple's Final Cases《马普尔小姐最后的案件》

其他系列及非系列

1922　The Secret Adversary《暗藏杀机》
1924　The Man in the Brown Suit《褐衣男子》
1925　The Secret of Chimneys《烟囱别墅之谜》
1929　Partners in Crime《犯罪团伙》
1929　The Seven Dials Mystery《七面钟之谜》
1930　The Mysterious Mr. Quin《神秘的奎因先生》
1931　The Sittaford Mystery《斯塔福特疑案》
1933　The Witness for the Prosecution and Other Stories《控方证人》
1934　Why Didn't They Ask Evans?《悬崖上的谋杀》

阿加莎·克里斯蒂 侦探作品年表

1934　The Listerdale Mystery《金色的机遇》
1934　Parker Pyne Investigates《惊险的浪漫》
1939　Murder Is Easy《逆我者亡》
1939　And Then There Were None《无人生还》
1941　N or M?《桑苏西来客》
1944　Towards Zero《零点》
1945　Sparkling Cyanide《闪光的氰化物》
1945　Death Comes as the End《死亡终局》
1949　Crooked House《怪屋》
1950　Three Blind Mice and Other Stories《三只瞎老鼠》
1951　They Came to Baghdad《他们来到巴格达》
1954　Destination Unknown《地狱之旅》
1958　Ordeal by Innocence《奉命谋杀》
1961　The Pale Horse《灰马酒店》
1967　Endless Night《长夜》
1968　By the Pricking of My Thumbs《煦阳岭的疑云》
1970　Passenger to Frankfurt《天涯过客》
1973　Postern of Fate《命运之门》
1997　While the Light Lasts《灯火阑珊》

出版前言

纵观世界侦探文学一百八十余年的历史，如果说有谁已经超脱了这一类型文学的类型化束缚，恐怕我们只能想起两个名字——一个是虚构的人物歇洛克·福尔摩斯，而另一个便是真实的作家阿加莎·克里斯蒂。

阿加莎·克里斯蒂以她个人独特的魅力创造着侦探文学史上无数的传奇：她的创作生涯长达五十余年，一生撰写了八十余部侦探小说，她开创了侦探小说史上最著名的"黄金时代"；她让阅读从贵族走入家庭，渗透到每个人的生活中；她的作品被翻译成一百多种文字，畅销全球一百五十余个国家，作品销量与《圣经》《莎士比亚戏剧集》同列世界畅销书前三名；她的《罗杰疑案》《无人生还》《东方快车谋杀案》《尼罗河上的惨案》都是侦探小说史上的经典，她是侦探小说女王，因在侦探小说领域的独特贡献而被册封为爵士；她是侦探小说的符号和象征。她本身就是传奇。沏一杯红茶，配一张躺椅，在暖暖的阳光下读阿加莎的小说是一种生活方式，是惬意的享受，也是一种态度。

午夜文库成立之初就试图引进阿加莎的作品，但几次都与版权擦肩而过。随着午夜文库的专业化和影响力日益增强，阿加莎·克里斯蒂的版权继承人和哈珀柯林斯出版公司主动要求将版权独家授予新星出版社,并将阿加莎系列侦探小说并入午夜文库。这是对我们长期以来执着于侦探小说出版的褒奖,是对我们的信任与鼓励,更是一种压力和责任。

新版阿加莎·克里斯蒂作品由专业的侦探小说翻译家以最权威的英文版本为底本,全新翻译,并加入双语作品年表和阿加莎·克里斯蒂家族独家授权的照片、手稿等资料,力求全景展现"侦探女王"的风采与魅力。使读者不仅欣赏到作家的巧妙构思、离奇桥段和睿智语言,而且能体味到浓郁的英伦风情。

阿加莎作品的出版是一项系统工程,规模庞大,我们将努力使之臻于完美。或存在疏漏之处,欢迎方家指正。

新星出版社
午夜文库编辑部

Agatha Christie

Over the next few years, we plan to celebrate two very important Agatha Christie anniversaries. In 2015, it is the 125th anniversary of her birth in Torquay, South Devon, England, and in 2020 it will be 100 years after her first book, THE MYSTERIOUS AFFAIR AT STYLES, featuring her famous detective, Hercule Poirot, was published. This is therefore a very appropriate moment to publish a new edition of her works, and I am delighted that HarperCollins has chosen to work with New Star on these new editions. New Star is China's top crime publisher, and has a strong and dedicated editorial staff and a continued passion for Agatha Christie, making them the ideal partner. It is the right time to make these classic books available in modern translations and so to bring Agatha Christie's books anew to her many fans in China, giving them a new reason to re-read these much-loved stories, as well as introducing them to a whole new audience. How delighted Agatha Christie would have been that her stories (as she called them) are still giving so much pleasure to so many people all over the world!

I think there are two very remarkable things about Agatha Christie's stories. The first is that they are so adaptable. It doesn't really matter which language they appear in, the stories and the plots still give the same thrill, still provide the same puzzles, and the characters still have the same attraction. Readers in China will I am sure enjoy Hercule Poirot and Miss Marple just as much as we do in England, and readers in China will still be transfixed by the surprises and horrors of AND THEN THERE WERE NONE, one of the great classics of 20th century detective fiction, as we are here.

Agatha Christie

The second is that the stories give a wonderful picture of England, particularly rural England, at the time Agatha Christie lived. She wrote books from 1920 until 1970 but it is sometimes hard to tell which part of her life each book was written in. Her characters and the life they lived were very much the same. The life we all live is changing very quickly these days but "the Agatha Christie world" stays the same. Perhaps the Miss Marple stories provide the best example of this, and in some ways THE BODY IN THE LIBRARY and NEMESIS are quite similar, despite the fact that thirty years elapsed between the time they were written.

Perhaps I might end by mentioning three Agatha Christies (other than the ones mentioned above) which I think demonstrate why she is so popular, even in the twenty-first century. The first is MURDER ON THE ORIENT EXPRESS, one of the most famous with one of the most ingenious and human plots. Read this on one of your long train journeys in China! Next is A MURDER IS ANNOUNCED, a Miss Marple which was her 50th book. It has my favourite murderer in it! And last is ENDLESS NIGHT a story about evil and how it affects three young people, written at the time when I knew her best, and understood how deeply she cared and sympathised with young people and the world they lived in.

Whichever are your favourites I hope you enjoy these stories that New Star are introducing to you again. I think it is a great publishing event.

Mathew
Grandson of Agatha Christie
Chairman of Agatha Christie Ltd

致中国读者
（午夜文库版阿加莎·克里斯蒂作品集序）

在未来的几年中，我们将要筹备两个非常重要的关于阿加莎·克里斯蒂的纪念日。二〇一五年是她的一百二十五岁生日——她于一八九〇年出生于英国的托基市，二〇二〇年则是她的处女作《斯泰尔斯庄园奇案》问世一百周年的日子，她笔下最著名的侦探赫尔克里·波洛就是在这本书中首次登场。因此，新星出版社为中国读者们推出全新版本的克里斯蒂作品正是恰逢其时，而且我很高兴哈珀柯林斯选择了新星来出版这一全新版本。新星出版社是中国最好的侦探小说出版机构，拥有强大而且专业的编辑团队，并且对阿加莎·克里斯蒂的作品极有热情，这使得他们成为我们最理想的合作伙伴。如今正是一个良机，可以将这些经典作品重新翻译为更现代、更权威的版本，带给她的中国书迷，让大家有理由重温这些备受喜爱的故事，同时也可以将它们介绍给新的读者。如果阿加莎·克里斯蒂知道她的小故事们（她这样称呼自己的这些作品）仍然能给世界上这么多人带来如此巨大的阅读享受，该有多么高兴啊！

我认为阿加莎·克里斯蒂的作品有两个非常重要的特征。首先它们是非常易于理解的。无论以哪种语言呈现，故事和情节都同样惊险刺激，呈现给读者的谜团都同样精彩，而书中人物的魅力也丝毫不受影响。我完全可以肯定，中国的读者能够像我们英国人一样充分享受赫尔克里·波洛和马普尔小姐带来的乐趣；中国读者也会和我们一样，读到二十世纪最伟大的侦探经典作品——比如《无人生还》——的时候，被震惊和恐惧牢牢钉在原地。

第二个特征是这些故事给我们展开了一幅英格兰的精彩画卷，特别是阿加莎·克里斯蒂那个年代的英国乡村。她的作品写于二十世纪二十年代至七十年代，不过有时候很难说清楚每一本书是在她人生中的哪一段日子里写下的。她笔下的人物，以及他们的生活，多多少少都有些相似。如今，我们的生活瞬息万变，但"阿加莎·克里斯蒂的世界"依旧永恒。也许马普尔小姐的故事提供了最好的范例：《藏书室女尸之谜》与《复仇女神》看起来颇为相似，但实际上它们的创作年代竟然相差了三十年。

最后，我想提三本书，在我心目中（除了上面提过的几本之外）这几本最能说明克里斯蒂为什么能够一直受到大家的喜爱。首先是《东方快车谋杀案》，最著名，也是最机智巧妙、最有人性的一本。当你在中国乘火车长途旅行时，不妨拿出来读读吧！第二本是《谋杀启事》，一个马普尔小姐系列的故事，也是克里斯蒂的第五十本著作。这本书里的诡计是我个人最喜欢的。最后是《长夜》，一个关于邪恶如何影响三个年轻人生活的故事。这本书的写作时间正是我最了解她的时候。我能体会到她对年轻人以及他们生活的世界关心至深。

现在新星出版社重新将这些故事奉献给了读者。无论你最爱的是哪一本，我都希望你能感受到这份快乐。我相信这是出版界的一件盛事。

阿加莎·克里斯蒂外孙

阿加莎·克里斯蒂有限责任公司董事长

马修·普理查德

二〇一三年二月二十日

阿加莎·克里斯蒂侦探作品集 ⑤2

牙医谋杀案
One, Two, Buckle My Shoe

Agatha Christie®

[英] 阿加莎·克里斯蒂 著
赵飞 译

新 星 出 版 社　NEW STAR PRESS

目录

1	一，二，扣住鞋
17	三，四，关紧门
53	五，六，衔树枝
95	七，八，理顺它
121	九，十，肥母鸡
147	十一，十二，深探究
163	十三，十四，女求偶
183	十五，十六，厨娘们
199	十七，十八，在等待
223	十九，二十，终散席

献给多萝茜·诺斯[1],她喜欢侦探小说和奶油,希望这本书能在她不能享受奶油美味时对她有所补偿。

---

[1] 阿加莎·克里斯蒂的忠实读者及好友,其夫为男爵之子,其女苏珊·诺斯为阿加莎·克里斯蒂女儿的好友。

一，二，扣住鞋

1

莫利先生吃早餐时心情不是很好。他抱怨熏肉的味道不佳，不明白咖啡为什么非得煮成像泥浆似的，又接着评论说早餐麦片一片比一片难吃。

莫利先生是个小个子，长着一副给人决断感的下颌和好斗感的下巴。他姐姐身材高大，活像一个女掷弹兵，平日里为莫利先生料理家务。她若有所思地看了看弟弟，问是不是早晨的洗澡水又太凉了。

莫利先生勉强说不是的。

他看了一眼报纸，说政府似乎正在从无能堕落为毋庸置疑的愚蠢！

莫利小姐用她低沉的嗓音说，这样说话可不好。

作为一个妇道人家，她一向认为不管政府怎样执政都能有效果。她让弟弟解释为什么说政府目前的政策是如此愚蠢、摇摆不定、自取灭亡！

莫利先生对这几点一一阐述了自己的观点，接着又喝了一杯那可恶的咖啡，然后才把内心真正的郁闷发泄出来。

"这些女孩子，"他说，"都是一个样！不守承诺，以自我为中心——一点儿都靠不住。"

莫利小姐试探地问："你是说格拉迪丝吗？"

"我刚收到消息。她姑姑中风了，她得回萨默塞特去。"

莫利小姐说："真麻烦，亲爱的，但这也不是那孩子的错啊。"

莫利先生沮丧地摇了摇头。

"我怎么知道她姑姑是不是真的中风了？我怎么知道这一切是不是她和她喜欢的那个远配不上她的小子一起编出来的？那小子，可能是我见过的最差的人选！他们今天也许一块儿出去玩儿了呢。"

"噢，不，亲爱的，我觉得格拉迪丝不会做出这种事情。你知道，你平时一直夸她很上心的。"

"是的，是的。"

"你说她是个聪明的姑娘，还说她非常喜欢自己的工作。"

"是的，是的，乔治娜，但那是在这个不讨人喜欢的年轻人出现之前的事儿了。她最近可是变了……变了……变得心不在焉、心烦意乱、神神道道的。"

女掷弹兵深深地叹了口气。她说：

"不管怎么说，亨利，女孩子都要恋爱的。这是没有办法的事情。"

莫利先生厉声道：

"谈恋爱不该影响到她的工作。今天，尤其是今天，我非常忙！有几个很重要的病人。真是烦死人了！"

"我知道你很烦，亨利。对了，新来的那个小伙子怎么样了？"

莫利先生不高兴地说：

"他是我用过的最差劲儿的一个！连病人名字都写不对，而且待人粗俗。如果他再没有长进我就炒了他重新找。我真不明白我们现在的教育是怎么了。似乎净培养出一群笨蛋，连句话都听不懂，更别说记住了。"

他看了看手表。

"我得走了。今天早晨排得很满,还要把那个叫塞恩斯伯里·西尔的女人加进来,她牙疼。我建议她找赖利,可是她不肯。"

"当然不肯了。"乔治娜贴心地说。

"其实赖利挺能干的——非常能干。他有一流的文凭,有最新的专业知识。"

"可他手抖啊。"乔治娜小姐说,"我觉得他酗酒。"

她弟弟笑了,情绪也好了起来。

他说:"我会像往常一样,一点半上来吃个三明治。"

2

萨伏依酒店,安伯里奥兹先生一边用牙签剔着牙,一边暗自得意地微笑着。一切都进展得很顺利。

他像往常一样走运。想着他对那个唠叨的八婆说了几句好话就马上得到了这么多的回报。噢!是啊——好人总会有好报的。他一直是个善良的人,而且慷慨大方!他眼前浮现出一幅幅仁慈的画面。小狄米特里——还有那个苦心经营小饭店的好人康斯坦托普洛斯——对他们来说这是多么大的惊喜……

牙签肆意地乱捅,失了准头,安伯里奥兹先生痛得抽了一下。玫瑰色的幻觉消失了,他又回到了现实。他小心地伸出舌头在嘴里舔了舔,掏出记事本。十二点,夏洛特皇后街,五十八号。

他试着想找回刚才愉悦的状态,但是没有成功。视线所及,只剩下几个大字:

"夏洛特皇后街,五十八号,十二点。

3

南肯辛顿，格伦戈威尔宫廷酒店，早餐已经结束了。大堂里，塞恩斯伯里·西尔小姐正坐着和博莱索太太交谈。她们坐在相邻的餐桌，所以一周前塞恩斯伯里·西尔小姐来的第二天，两人就成了朋友。

塞恩斯伯里·西尔小姐说：

"你知道吗，亲爱的，它真的已经不疼了！一点儿都不疼了！我想也许我应该打电话去——"

博莱索太太打断了她。

"别傻了，亲爱的。你还是去牙医诊所把它给治好吧。"

博莱索太太个子很高、声音低沉，是个喜欢发号施令的女人。塞恩斯伯里·西尔小姐有四十多岁，头发染成很浅的颜色，凌乱地打着卷盘在头上。她身上的衣服说不清款式，倒也很有点儿艺术感，鼻梁上架着的眼镜不停地往下滑。她是个健谈的女人。

塞恩斯伯里·西尔小姐惆怅地说：

"但是真的，你知道，它一点儿都不疼了。"

"别说傻话了，你刚才还告诉我昨晚根本就睡不着。"

"是的，我没睡着——是的，确实睡不着——但是也许现在那根牙神经已经坏死了。"

"那就更应该去看牙医了。"博莱索太太坚定地说，"我们都喜欢拖，但那是懦弱的表现，最好是下定决心把它给治好了。"

塞恩斯伯里·西尔小姐似乎是在抗议似的小声嘟囔了一句："是的，可疼的不是你的牙！"

但是，实际上她说：

"我想你是对的。莫利先生是个很小心的人,从来不会让人感到疼痛。"

4

董事会会议结束了。会议开得很顺利,会上的报告也不错,没有什么不同意见。不过敏感的塞缪尔·罗瑟斯坦先生却注意到有点儿不对劲儿,主席的神情里有些细微的变化。他的语调有一两次也有点儿短促、酸涩——跟会议内容完全不相干。

或许是有什么潜在的焦虑?但是从某种意义上讲,罗瑟斯坦很难把潜在的焦虑同阿利斯泰尔·布伦特联系起来。他是个特别不露声色的人,从来都是一副一切正常的样子,是个地地道道的英国人。

那么,应该是肝脏了……罗瑟斯坦先生的肝脏时不时地会有点儿问题。可他从来没有听到阿利斯泰尔抱怨过他的肝。阿利斯泰尔的健康就像他的大脑和他对金融的掌控一样好得很,但又不是那种令人讨厌的浑身是劲儿的感觉,只是健康而已。

可是,还是有点儿不对劲儿。有一两次,主席的手在脸上游移。他坐在那儿,还用手撑着下巴,这也不是他通常的样子。有一两次他看上去又有点儿——嗯,心神不定。

他们一起走出会议室,下了楼梯。

罗瑟斯坦说:

"需要我用车送您一程吗?"

阿利斯泰尔·布伦特笑了一下,摇摇头。

"我的车已经在等我了。"他看了看手表,说,"我不回城里。"停顿了一下,又说:"其实我要去看牙医。"

谜底揭开了。

5

赫尔克里·波洛从出租车里出来，付了钱，然后按响了夏洛特皇后街五十八号的门铃。

过了一会儿，门开了。开门的是一个身着门童制服的小伙子。他满脸雀斑，一头红发，非常认真的样子。

赫尔克里·波洛问道："莫利先生在吗？"

他嘴上这么问，心里却笑着想没准儿莫利先生被谁叫走了，没准儿他身体不舒服没有来，没准儿他今天不上班——但是他的希望全都落空了。门童往后退了一步，赫尔克里·波洛走了进去。门在他背后无情地、不可挽回地关上了。

门童问："请问您叫什么名字？"

波洛回答了他。门厅右边的一扇门被打开，波洛走进了候诊室。

屋子里面的摆设看似简单却很有品位，但对赫尔克里·波洛来说有种说不出的阴森。那张谢拉顿式的桌子（仿制品）擦得锃亮，上面整齐地摆放着一些报纸和杂志。赫普尔怀特式的茶几（仿制品）上面摆着两个谢菲尔德镀铬烛台和一个装饰品。壁炉台上放着一个铜钟和两个铜花瓶。窗户上挂着蓝色的天鹅绒窗帘。椅子都是仿古的，椅垫上绣着古典的花鸟图案。

其中一张椅子上坐着一个军人模样的男人。他皮肤微黄，留着一副凶狠的小胡子。他望着波洛的眼神仿佛是在盯着一只害虫，好像希望自己身上带着的不是手枪，而是一瓶杀虫喷雾剂。波洛不屑地看了他一眼，心想："有些英国人实在是令人讨厌，而且莫名其妙。他们当初就不该被生下来，省得他们活得这么痛苦。"

那军人使劲儿瞪着波洛看了一会儿，然后伸手抓起一本《时代》周刊。他把椅子转了过去，避免看到波洛，然后开始看杂志。

波洛也拿了一本杂志看了起来。

他仔细地看了一遍，觉得里面的笑话一点儿都不好笑。

门童小伙子进来叫了声："阿罗·邦比上校？"——那个军人被领了出去。

波洛还在暗想是否真有这么奇怪的名字，这时门开了，进来一位三十来岁的年轻人。他站在桌子旁边，不耐烦地来回翻着那些杂志。波洛从侧面观察他，心想这是个又讨厌又危险的年轻人，说不定是个杀人犯。不管怎么看，他都比波洛职业生涯中抓到的那些杀人犯更像杀人犯。

门童又推开了门，朝空中叫道："皮洛先生？"

波洛意识到这是在叫他，就站了起来。门童领着他上了门厅后面转角处的一部小电梯，把他带到了二楼。然后，他又领着波洛穿过走廊，打开一个套间的门，接着在这个套间的第二道门上敲了敲。他没等听到回答，就推开第二道门，退后一步，让波洛进去。

波洛一进屋就听到门后传来流水声，莫利先生正在水池边非常专业地洗着手。

6

再伟大的人也有胆怯的时候，俗话说没有人是仆人眼中的英雄，还应该再加上一句——没有人能在牙医面前保持内心的强大。赫尔克里·波洛对此深有体会。他一向自视甚高。他是赫尔克里·波洛，是与众不同的佼佼者。可是此时此刻，他觉得自己和芸芸众生没什么两样。他的自信心跌到了零点。他就是一个普通人，一个害怕看牙医的胆小鬼。

莫利先生这时已经完成了他专业的洗手程序，开始用医生特有的鼓励语气同病人交谈。

"真不应该这么冷，是吗？都这个时候了。"

他慢慢地把病人带到他该去的位置——牙医椅！他熟练地将椅子上头靠的部分上下调整着。

赫尔克里·波洛深吸了一口气，走上前，坐了下来，任由莫利先生摆弄着他的头。

"这样躺。"莫利先生说，语气中带着令人不舒服的欢快，"这样可以吧？没问题吧？"

赫尔克里·波洛郁郁地说还挺舒服。

莫利先生把台面转得离自己更近了点儿，拿起小镜子，又拿起一个工具，准备开始操作。

赫尔克里·波洛紧紧地抓住椅子的扶手，闭上双眼，张开了嘴巴。

"有没有什么特别不舒服的地方啊？"莫利先生问道。赫尔克里·波洛张着嘴巴，轻轻地、含混不清地示意没有什么地方不舒服。这只是他出于理智而做的每年两次例行检查而已。很有可能，没什么需要做的。莫利先生也许发现不了他后面第二颗牙，那颗疼痛的牙，也许他会……可是他大概不会，因为莫利先生是个很出色的牙医。

莫利先生一边慢慢地逐个检查着波洛的牙齿，一边小声地自言自语，还不时地这里敲敲，那里探探。

"补的部分有点脱落了——不过不是很严重。牙龈还不错，我很高兴看到这一点。"他在一颗可疑的牙上停了下来，检查了一下。不是的，误警，然后继续。他开始检查下排的牙齿。一颗、两颗——继续到第三颗？——他没有这么做——"猎狗找到了兔子！"赫尔克里·波洛悻悻地想。

"这儿有点儿问题。你没感觉到疼吗？嗯，我觉得有点儿奇怪。"他继续检查着，最后终于收回探头，满意地点点头。

"没什么大事儿。只是需要补两个地方，还有那颗臼齿需要处理一下。我想我们今天上午就能把这些都做完。"

他打开一个开关，传来一阵嗡嗡声。莫利先生从钩子上取下牙钻，小心翼翼地装上一根牙针。

他简单地说了句"不舒服就告诉我"，然后开动了那恐怖的钻头。

其实波洛并不需要用举手、咧嘴，或者喊叫来示意，莫利先生总能在恰当的时候停下钻头，让他"漱下口"，给他填点儿敷料，或者换个钻头，然后再继续。真正折磨波洛的不是疼痛，而是他对牙钻的恐惧。

不一会儿，莫利先生开始准备填充物，又继续同波洛交谈起来。

"今天我得自己来做这些，"他解释道，"内维尔小姐不在。你记得内维尔小姐吗？"

波洛假装说记得。

"她有个亲戚病了，把她叫到乡下去了。这种事情偏偏发生在最忙的一天。今天上午我已经忙得焦头烂额。您前面的那个病人来晚了，也是件让人苦恼的事儿，我的整个上午都被搞乱了。

另外，我还要临时加进来一个病人，因为她牙疼得厉害。其实我每天上午总是安排一刻钟的富裕时间，以应付这种需求。但是今天还是格外紧张。"

莫利先生在一个小研钵里磨着填充物，眼睛盯着那个研钵。

他又接着说：

"我告诉您，波洛先生，我常注意到那些大人物——就是那些重要的人物——他们总是很守时，从来都不会让人等。比如，王室最注重细节。这些大人物也一样。今天上午我就要接待一位非常重要的大人物——阿利斯泰尔·布伦特！"

莫利先生说出这个名字时声音里充满了骄傲。

这时的波洛，虽然嘴里塞着几块棉花，舌头下面的玻璃吸管还在咕噜咕噜地吸着，但他还是发出了些声响来回应。

阿利斯泰尔·布伦特！这是当今社会令人振奋的名字。他既不是公爵、伯爵，也不是首相。他什么都不是，就是普普通通的阿利斯泰尔·布伦特先生。一个公众几乎不认识的人——只是偶尔出现在一些人们不太注意的消息中。他毫不引人注目，是一个默默无闻的普通英国人，却又是英国最大的金融集团的领袖。他有丰厚的资产，可以对政府发号施令，同时他又过着平静的、深居简出的生活，从不在大庭广众面前演讲。然而，他的手中握有至高无上的权力。

莫利先生站在波洛身边，把填充物放进去。他的声音里依然带着那种崇敬的语调。

"他总是严格地准时到这里赴约，经常是到了之后让司机先走，然后自己走回办公室。真是个安静、没有架子的好人。他爱打高尔夫球，而且喜欢园艺。你怎么都想不到虽然他的资产足以买下半个欧洲，但却是一个像你我这样的普通人。"

听到莫利先生无缘无故地把自己和他归为一类,波洛感到一阵不快。莫利先生是个很好的牙医,这点没错儿,但是伦敦还有其他医术精湛的牙医。而赫尔克里·波洛却只有一个。

"请漱一下口。"莫利先生说。

"您知道,这应该是希特勒和墨索里尼他们操心的事儿,"莫利先生接着说,一边开始补第二颗牙,"我不想在这里多管闲事。可您看我们的国王和王后是多么民主。当然,像您这样的法国人,接受的是共和思想……"

"我……不……细(是)……华(法)国人,我……细(是)……比利时人。"

"嘘——嘘——"莫利先生赶紧说,"别说话,牙洞还没干呢。"他把热风管对着牙洞使劲儿吹。然后,他接着说:"我还不知道您是比利时人,真有趣。听说利奥波德国王人很好。我个人非常崇尚王室传统,他们都受过很好的训练,您知道,他们都能熟练地记住每个人的面孔和名字。这都是训练有素的结果——当然,有的人天生就有这种能耐。拿我本人来说吧,我就记不住别人的名字,但是对于见过的面孔可以过目不忘。比如那天,我碰到一个病人——很久以前的病人。我完全记不得她叫什么名字了,但我在心里问自己:'我在哪里见过她?'目前我还没有想起来,不过我会想起来的,我肯定能。请再漱一下口。"

漱完后,莫利先生仔细地盯着病人的嘴里看了一会儿。

"好了,我觉得可以了。轻轻地合上嘴……没有什么不舒服吧?您根本感觉不到那个填充物,对吧?请再张开嘴。是的,看上去完全没问题。"

波洛从椅子上下来,重获自由。

"好吧,再见啦,波洛先生。我希望您在我这里没有侦察到什么坏人吧？"

波洛笑着说："我上楼之前，看每个人都像坏人！现在，可能会感觉不一样了吧！"

"啊，是的，之前和之后感觉完全不同！其实，大家都是这样的。我们牙医现在再不像以前那么可怕了！需要我帮您按电梯吗？"

"不用了，我自己走下去。"

"请随意，电梯就在楼梯边上。"

波洛走出房间。门被关上的那一刹那，他听到水龙头的流水声。

他要走下两段楼梯。拐最后一个弯儿时，他正好看到那位英籍印度上校被送出门。他长得一点儿都不难看，波洛轻松地想。也许他是一个勇猛善战的军人，一个有用之才——守卫帝国的前哨。波洛走到候诊室去取他先前放在那里的帽子和手杖。那个坐立不安的年轻人还在，这让波洛感到有点儿吃惊。另外还有一个病人也是男的，在读一本《原野》[①]。

波洛用他刚刚恢复的好心情仔细地观察那个年轻人。他看起来依然很凶，好像要杀人，但其实并不是个杀人犯，波洛善意地想。毫无疑问，过不了多久，当他受完折磨从楼上下来时，就会心情愉快，面带微笑，不会对任何人有任何敌意了。

门童走进来，清晰果断地叫道："布伦特先生。"

坐在桌子边上的那个男人放下手中的《原野》，站了起来。他中等个头，中等年纪，不胖也不瘦，而且衣着讲究，举止淡定。他跟着门童走了出去。

---

① *Field*，介绍射击、钓鱼、打猎等户外活动的期刊。

一个英国最富有、最有权势的人,也要像其他人一样去看牙医。不用说,他的感觉也会和其他人一模一样!波洛一边这么想着,一边拿起自己的帽子和手杖,向门口走去。他转身环视了一下身后,一个念头出现在他脑海里——那个年轻人一定牙疼得厉害。

波洛在门厅的镜子前停下来,整理了一下他的小胡子——刚才被莫利先生弄得稍稍有点儿乱。他刚刚整理好,电梯就下来了。门童也从门厅的后面走过来,嘴里还吹着不成调的小曲儿。他看到波洛,立刻不吹了,走过去替波洛开了门。

这时,一辆出租车刚好停在诊所门前,一只脚从车门里伸了出来。波洛饶有兴致地研究起这只脚来。秀气的脚腕上套着质地很好的袜子,应该说是一只很漂亮的脚。但是,他觉得鞋子不太好。那是一只崭新的漆皮皮鞋,上面有一个巨大的闪闪发光的鞋扣。波洛摇了摇头。不够典雅!太土气了!

一位女士从车里下来,她的另一只脚被车门夹了一下,鞋扣当啷一声掉在马路上。波洛非常绅士地走上前去,捡起鞋扣,向女士鞠了一躬,将鞋扣还给她。

天哪!原来是个四五十岁的老女人,戴着一副眼镜,头发灰黄且凌乱,衣服邋遢——还是那种压抑的艺术绿!她对他说了声谢谢,眼镜跌落下来,紧接着手提包也掉在地上。波洛又一次弯腰帮她捡起手提包,虽然还是很礼貌,但已经没有了刚才的殷勤。

她径直朝着夏洛特皇后街五十八号的台阶走去。出租司机对刚刚拿到的吝啬的小费很不满意,一脸掩饰不住的鄙视。波洛上前问:

"嘿,走吗?"

出租司机无精打采地说："哦，走。"

"我也走。"赫尔克里·波洛嘀咕道，"无忧无虑了！"他看到出租司机面露狐疑，又说："别担心，朋友，我没有喝醉，我只是刚刚看完了牙医，而且六个月内不用再来。想想我都高兴。"

三，四，关紧门

1

两点三刻,电话响了。

赫尔克里·波洛享用完精美的午餐后,正美美地坐在一张椅子上消食。听到铃声,他并没有起身,而是等着忠实的乔治去接听来电。

"喂?"乔治接听了电话,"请等一下,先生。"他放下了电话。

"是贾普探长,先生。"

"啊哈?"波洛拿起电话放在耳边。

"你好啊,朋友。"

"你好吗,波洛?"

"还不错。"

"听说你上午去看牙医了,有这事儿吗?"

波洛自言自语道:"苏格兰场无所不知啊!"

"医生名叫莫利,在夏洛特皇后街五十八号,对吗?"

"是的,"波洛的声音都变了,"怎么了?"

"你确实是去看病的,对吗?不是去让他提防点儿什么之类的吧?"

"当然不是。我可以告诉你,我补了三颗牙。"

"你觉得他当时看上去怎么样——没什么异样吧?"

"我觉得是这样。怎么了?"

贾普若无其事地说:"你走后不久他开枪自杀了。"

"什么?"

贾普紧接着问:"你觉得奇怪吗?"

"坦率地说,是的。"

贾普说:"我自己也觉得不可思议……我想和你聊聊。你能过来一趟吗?"

"你在哪里?"

"夏洛特皇后街。"

波洛说:"我马上过来。"

2

一名警员打开了五十八号的大门。他恭敬地问:

"波洛先生吗?"

"正是本人。"

"探长在楼上呢。二楼——您知道怎么走吗?"

赫尔克里·波洛说:"我上午来过。"

波洛进去时,房间里有三个人。贾普抬起头对他说:

"很高兴见到你,波洛。我们正要把他移走。想先看下尸体吗?"

一个手持相机的人在离尸体很近的地方跪着。他站起身来。

波洛走上前去。尸体就躺在壁炉边。

莫利先生看上去和他生前没什么两样。他右边的太阳穴下面有一个小黑洞,右手是伸直的,边上有一把小手枪躺在地板上。

波洛缓缓地摇了摇头。

贾普说:"好吧,你们现在可以把他移出去了。"

莫利先生被抬走了,房间里只剩下贾普和波洛。

贾普说：“我们看了他的门诊预约登记簿，检查了指纹等。”

波洛坐了下来，问：“怎么样？”

贾普噘了噘嘴，说：

"他有可能是开枪自杀的，说不定他真的是自杀。枪上只有他一个人的指纹——但我又觉得哪里有问题。"

"你为什么觉得有问题？"

"你看，首先，他看上去没有任何理由要自杀……他很健康，也能赚钱，没有明显的麻烦。也没有外遇——至少，"贾普谨慎地改口说，"据我们了解他没有。他最近也没有过情绪波动，或者抑郁，或者自暴自弃什么的。所以，我特别想听听你是怎么想的。你上午刚刚见过他，不知道是否觉察到点儿什么。"

波洛摇摇头。

"一点儿都没有。他看上去……怎么说呢……很正常。"

"那就奇怪了，是吧？你怎么也想不到一个人会在他上班时间开枪自杀。为什么不能等到今天晚上呢？那样才比较正常嘛。"

波洛表示同意。

"悲剧是什么时候发生的？"

"说不准，好像没有人听到枪声。不过我想他们也不可能听到。从这里到走廊有两道门，而且，他们还把门边都包上了——避免病人的呻吟声传出去，我猜。"

"很有可能。有时病人会叫得很厉害。"

"没错儿。外面的大街上有不少来往车辆，应该是听不到这里的枪声。"

"尸体是什么时候发现的？"

"一点半左右，门童艾尔弗雷德·比格斯发现的。他是那种怎么看都不算是很聪明的人。好像预约在十二点三十分的那个病人因为等急了，大吵大闹。一点十分时，那小子上来敲了门，但是没有回音。他因为之前已经被莫利先生骂过几次，害怕再闯祸，不敢进去，所以他又下去了。一点十五分，那个病人气鼓鼓地走了。我可以理解，她已经等了三刻钟，也该去吃午饭了。"

"是哪个病人？"

贾普咧嘴笑了。

"那小伙子说她是希尔蒂小姐——可那预约登记簿上写的是科尔比小姐。"

"这里是怎么安排病人上楼就诊的呢？"

"当莫利准备好接待下一个病人时，按上面的蜂鸣器，门童就会把病人领上去。"

"那么莫利最后一次按响蜂鸣器是什么时候？"

"十二点零五分，然后那小伙子就把正在候诊的另一个病人送上楼——萨伏依酒店的安伯里奥兹先生，预约登记簿上是这么写的。"

波洛嘴角上露出一丝微笑，他自言自语道：

"真不知道我们的小门童怎么造出这个名字来的！"

"是够乱的。如果我们想找乐子，一会儿可以问问他。"

波洛问："安伯里奥兹先生是什么时候离开的？"

"门童没有送他出去，所以他不清楚……有不少病人都不用电梯，自己从楼梯上走下来，然后离开。"

波洛点了点头。

贾普接着说：

"不过我给萨伏依酒店打了个电话，安伯里奥兹先生记得非常清楚，说他关门离开诊所时看了下手表，当时是十二点二十五分。"

"他没有提供什么重要线索吗？"

"没有，他只记得牙医看上去十分正常、冷静。"

"好吧，"波洛说，"那么现在看起来已经很清楚了。十二点二十五分到一点半之间发生了点儿事情，而且，估计应该是更靠近前一个时间。"

"对，因为要不然——"

"要不然他就会按响蜂鸣器，让下一个病人上去。"

"没错。医学证据也证明了这一点。法医已经验了尸——两点二十分的时候。他不肯做太多太主观的判断——现在他们都不愿意这么做。但是他说莫利应该是在一点钟以前被枪击的，也许更早，但是不敢肯定。"

波洛若有所思地说：

"那么，十二点二十五分时，我们的牙医还好好的，精神饱满，还在有条不紊地给病人看病。之后呢，绝望、抑郁——随你怎么想吧——然后开枪打死了自己？"

"有意思，"贾普说，"你不觉得吗？真是有意思。"

"有意思？"波洛说，"不应该这么说。"

"我知道不应该，但人们一般都会这么说。或者说是奇怪，这么说你觉得好点儿吧。"

"手枪是他自己的吗？"

"不是，他没有手枪，从来都没有。他姐姐说家里从来都没有那玩意儿。大部分人家里都不会有。当然，他也可以去买把手枪，如果想好要了结自己的性命的话。果真如此，我们很快就会得到消息。"

波洛接着问："你觉得还有什么问题吗？"

贾普蹭了下鼻子，说：

"嗯,他躺倒的姿势有点问题。我不是说不可能这样倒下——但是,还是有哪里不太对头。而且,地毯上也有一两处痕迹,像是什么东西从上面被拖过去一样。"

"这点肯定有原因。"

"是的,除非是那个讨厌的门童干的。我有种感觉,他发现莫利先生时,可能动过他。当然了,他自己否认这一点。不过呢,他当时可能被吓坏了。他就是那种总会惹事上身的笨瓜,被人训斥了又会本能地撒谎。"

波洛环视整个房间。他站在门后靠墙的洗手池边,看到另一边是高大的文件柜。他又从牙医椅的位置,看了看它周围临窗的那些仪器。接着,他的目光移到了旁边的壁炉上,最后落回到躺在地上的尸体。他发现壁炉边的那面墙上还有一扇门。

贾普一直追随着他的视线。"那扇门通往另一间办公室。"他说着就打开了那扇门。

正如他所说,这是一间不大的房间。里面有张写字台,一张桌子上放着一盏酒精灯和一些茶具,还有几把椅子。房间里没有其他的门。

"这是他的秘书内维尔小姐的办公室。"贾普解释道,"她今天好像不在。"

他的目光和波洛对视了一下。波洛说:

"他告诉我了,我还记得。这点可以成为证明他不是自杀的线索吗?"

"你是说她是被故意支走的?"贾普停了一下,又接着说,"如果不是自杀,那他就是被谋杀的。但是,为什么呢?这个结论和先前那个一样不靠谱。这位老兄似乎很低调,从不惹是生非。谁会想谋杀他呢?"

波洛说:"谁会有机会杀了他?"

贾普说:

"这个问题的答案是——几乎所有人!他姐姐可能从楼上的住处下来,开枪打死他。某个用人可以进来打死他。他的合伙人赖利,有机会打死他。那小伙子,艾尔弗雷德可以打死他。病人中的某个人可以打死他。"他稍作停顿,又说,"安伯里奥兹有机会开枪打死他——这些人里他最有机会。"

波洛点点头。

"但是,如果真是这样的话,我们必须要找到原因。"

"对啊,我们又回到了原点。为什么?安伯里奥兹目前还住在萨伏依酒店。为什么一个富有的希腊人要来杀害一个与世无争的牙医呢?"

"这就是我们目前最大的难题。动机!"

波洛耸了耸肩,说:

"看来死神选错了人。一个是神秘的希腊人,一个是有钱的银行家,一个是著名的侦探——如果是他们当中有一个被枪杀了,那是非常自然的事。神秘的外国人可能跟间谍有关,有钱的银行家可能会被人觊觎他的财富,著名的侦探对于罪犯来说可能构成威胁。"

"而可怜的老莫利不会对任何人有威胁。"贾普忧伤地说。

他转向波洛问:"你有什么想法?"

"没什么,只是他曾经很随意地说过一句话。"

波洛向贾普讲了莫利先生对他说过他对见过的人过目不忘的那件事。他还提到了一个病人,以及他见到这个病人后的感觉。

贾普看上去有些不敢确定的样子。

"我觉得有可能,但是又有点儿不着边际,也许是有人不愿暴露自己的身份。你今天上午没有注意到其他的病人吧？"

波洛一边回忆一边说：

"我在候诊室里见到了一个年轻人，看上去就像个杀人犯！"

贾普吃惊地问："什么情况？"

波洛微笑了一下，说：

"亲爱的朋友，是我上午刚到这里时见到的！我当时很紧张，有点儿胡思乱想，总之，是情绪不稳定。所有的东西看上去都充满凶险。候诊室、病人，还有楼梯上铺的地毯！实际上，我想那个年轻人当时只是牙疼得厉害而已。"

"我明白你的意思。"贾普说，"不过，我们还是要问问你说的那个凶手。我们要跟每一个人都谈谈，不管他是不是自杀。我想我们首先应该找莫利小姐聊一聊。我先前只是问了她一两句话。这对她来说当然是个打击，不过，她是那种不会崩溃的女人。我们现在就去找她吧。"

3

乔治娜·莫利个子高大，表情严肃。她听了两位先生的陈述，并回答了他们的问题。她强调说：

"对我来说，这简直是不可思议，太不可思议了，我弟弟会自杀！"

波洛说："你觉得有另外的可能吗，女士？"

"你是说——谋杀？"她停了一下，然后慢慢地说，"确实，另一种看上去也几乎一样的不可思议。"

"但是并非完全没有可能？"

"不是没有可能，因为……哦，首先，你要明白，我想说的是我非常了解我弟弟的思想状态。我知道他没有什么过不去的坎儿，我知道他没有理由，完全没有理由终止自己的生命！"

"你今天上午见到他了吗，他上班前？"

"早饭时见到了。"

"他当时和平常一样，没有什么不开心？"

"他有点儿不高兴，但不是你说的那种。他只是有点儿烦躁！"

"为什么？"

"他上午安排得特别满，而且他的秘书兼助理又被叫走了。"

"你说的是内维尔小姐？"

"对。"

"她通常都帮他做什么？"

"首先，她帮他做所有的联络，并且负责预约登记。她还要做所有的文档，帮他给那些仪器消毒。他在给病人补牙时，她帮他磨好填充物，然后递给他。"

"她跟着他很久了吗？"

"三年了。她是个非常可靠的女孩子，我们两人都非常喜欢她。"

波洛说："她有个亲戚病了，把她叫去了乡下，你弟弟是这么告诉我的。"

"是的，她收到了一封电报，说她姑姑中风了，于是搭了早班火车去了萨默塞特郡。"

"这就是你弟弟烦躁的原因？"

"是……的。"莫利小姐的回答中有一丝犹豫，她马上又接着说，"你……你千万不要觉得我弟弟不近人情，他只是想……只是一念之间……"

"什么，莫利小姐？"

"就是,她也许是故意想逃班。哎!请别误解我的意思,我特别肯定格拉迪丝绝对不会做出这种事情,我也是这么跟亨利说的。但实际情况是,她跟一个和她很不相配的小伙子订婚了——亨利对此耿耿于怀,所以他认为或许是这个小伙子怂恿她请的假。"

"有可能吗?"

"没有,我觉得一定不是。格拉迪丝是个非常认真负责的姑娘。"

"但是那个小伙子有可能会要她做这种事?"

莫利小姐吸了一下鼻子:"我觉得很有可能。"

"那个年轻人,他是做什么的?他叫什么来着,顺便问一下?"

"卡特,弗兰克·卡特。我记得他,或者说曾经,在保险公司工作。几周前他失业了,而且好像也找不到新的工作。亨利说他是个非常讨厌的家伙。我也觉得他说得没错。格拉迪丝还把自己的积蓄借给他用,亨利对此特别不能容忍。"

贾普突然插话问道:

"你弟弟有没有试着说服她解除这个婚约呢?"

"有,我知道他说过。"

"那么这个弗兰克·卡特可能,完全有可能,对你弟弟怀恨在心。"

女掷弹兵斩钉截铁地说:"不会的,如果你是想说弗兰克·卡特杀了亨利的话。亨利是跟那姑娘说过不要跟卡特好,但是她并没有听他的建议啊,她还是那么傻乎乎地死心塌地跟他在一起呢。"

"你还能想到其他有什么人对你弟弟心怀积怨吗?"

莫利小姐摇摇头。

"他和他的搭档赖利先生合得来吗?"

莫利小姐酸酸地说:

"你能期待和一个爱尔兰人有多合得来!"

"你想说什么,莫利小姐?"

"爱尔兰人都是火爆脾气,不管什么事,他们总喜欢和人争吵。赖利先生喜欢跟别人争论政治问题。"

"只是政治问题吗?"

"只是政治问题。赖利先生在许多方面都不是特别令人满意,但是他医术很好——至少我弟弟是这么说的。"

贾普追问道:"他怎么不令人满意了?"

莫利小姐犹豫了一下,幽幽地说:"他酗酒——不过请别再问了。"

"关于这一点你弟弟和他有没有矛盾?"

"亨利旁敲侧击地给了他一些建议。"莫利小姐用说教的口气说,"做牙医手不能抖,嘴里的酒气会让病人失去对你的信赖。"

贾普点头表示同意。他接着问:

"你能跟我们说说你弟弟的经济状况吗?"

"亨利收入可观,他存了一些钱。我父亲给我们每个人也留下了一点儿。"

贾普轻咳了一下,小声问:

"我想,你并不知道你弟弟有没有留下遗嘱吧?"

"他有,我还可以告诉你里面的内容。他留下一百英镑给格拉迪丝·内维尔,其他的都归我。"

"明白了,那么……"

门被重重地撞开了,艾尔弗雷德的脸从门缝里伸了进来。他急切地说:

"内维尔小姐,她回来了——情绪反常。她能进来吗?她让我问一下。"

他边说,边不停地转动双眼,仔细打量着屋里的两个到访者,试图抓住每个细节。

贾普点点头。

莫利小姐说:"让她进来吧,艾尔弗雷德。"

艾尔弗雷德说了声"好的",就消失了。

莫利小姐叹了口气,语重心长地说:"这孩子挺可怜的。"

4

格拉迪丝·内维尔个子高高的,皮肤白皙,看起来十分柔弱,年龄在二十八岁左右。虽然她有些心烦意乱,但是一眼就能看出她是个聪明能干的姑娘。贾普借故要看莫利先生的文件,把她从莫利小姐身边带走,进了诊室旁边的那个小办公室。

她一直不停地重复说:

"我简直不能相信!莫利先生会这么做,这太不可思议了!"

她特别肯定他之前没有任何的不安和焦虑的迹象。

贾普开始发问:"你今天被人叫走了,内维尔小姐——"

她打断说:

"是的,整个事情简直就是个恶作剧!我觉得做这件事儿的人实在是太可恶了,我真这么想。"

"你是什么意思,内维尔小姐?"

"哎,我姑姑根本就没事儿,她好得很。她都不知道我为什么会突然出现。对此我当然很高兴,但是这事儿让我特别生气,就这样给我发封电报,让我急得跟什么似的。"

"你还留着那封电报对吗，内维尔小姐？"

"我把它给扔了，我想是在车站。上面只是说，你姑姑昨晚中风了，请速来。"

"你觉得这封电报会不会是……嗯……"贾普故意咳了一下，"你的朋友卡特先生发的？"

"弗兰克？他为什么这么做？哦！我明白了，您是说我们俩串通好的？不是，确实不是，探长先生，我们谁都不会干出这种事情来。"

她真的有点儿被激怒了，贾普又没办法使她马上平静下来。但是一旦他开始问起当天上午病人的情况时，她就恢复了正常。

"都记在这个本子里，我猜您已经看过了。这些病人我基本都认识。十点钟，是索姆斯太太，她是来装新牙的；十点三十分，是格兰特女士，她年龄比较大，住在朗兹广场；十一点，是赫尔克里·波洛先生，他定期来做检查。噢，当然，就是这位先生，对不起，波洛先生，我实在是太难过了！十一点三十分，是阿利斯泰尔·布伦特先生，他是一位银行家，您知道，他待的时间很短，因为莫利先生上次就把要补的地方确定好了。然后是塞恩斯伯里·西尔小姐，她是临时打电话来的，牙疼，所以莫利先生把她加了进来。她太能说了，一刻不停地唠叨个没完，有点儿装腔作势的那种。然后是十二点，安伯里奥兹先生，他是个新病人，从萨伏依酒店打电话过来预约的。莫利先生有不少病人是外国人和美国人。然后是十二点三十分，科尔比小姐。她从沃辛来。"

波洛问："我到的时候，这儿有一个身材高大的军人，他是谁？"

"我想应该是赖利先生的一个病人。我去拿一下他的病人名单，好吗？"

"谢谢你，内维尔小姐。"

她出去了几分钟就回来了，手里拿着一个本子，同莫利先生的很像。

她读道："十点钟，贝蒂·休斯，是个九岁的小女孩；十一点，阿伯克隆比上校。"

"阿伯克隆比！"波洛小声重复了一句，"就是他！"

"十一点三十分，霍华德·赖克斯先生；十二点，巴恩斯先生。上午就这么些病人。当然，赖利先生不像莫利先生排得那么满。"

"你能告诉我们一些关于赖利先生病人的情况吗？"

"阿伯克隆比上校，在这里看牙已经很久了。希思夫人的孩子们也都是找赖利先生看牙。我不太认识赖克斯先生和巴恩斯先生，虽然我觉得听到过他们的名字，因为所有的来电都是由我接听，对吧——"

贾普说："我们可以自己问赖利先生，我想尽快见到他。"

内维尔小姐出去了。贾普对波洛说：

"除了安伯里奥兹，都是莫利先生的老病人。我要马上和这位安伯里奥兹先生好好谈一次。记录表明他是最后一个见到莫利先生的人，我们一定要确认他见到莫利先生时，对方还活着。"

波洛摇摇头，慢慢地说："你还是要找到作案动机。"

"我知道，这正是我们要找的难点。不过苏格兰场那边可能会有一些关于安伯里奥兹的资料。"他突然又说，"波洛，你心事重重啊！"

"我在考虑一件事。"

"什么事？"

波洛脸上带着几乎看不到的微笑说：

"为什么是贾普探长呢？"

"啊？"

"我问为什么是贾普探长，阁下您呢？您通常会来处理这种自杀案件吗？"

"其实是因为案发时我刚好在附近，在拉文罕—威格莫尔大街。那儿有一个诈骗系统案。他们打电话到那里，让我过来。"

"但是他们为什么会给您打电话呢？"

"呃，这个……这个很简单，阿利斯泰尔·布伦特。区探长一听说他今天早晨来过这儿，就把案子转给了苏格兰场。在英国，布伦特先生属于需要我们保护的人物。"

"您是说有人想要除掉他？"

"当然有啦。首先是那些赤色分子，其次还有我们的那些黑衫朋友[①]。正是布伦特和他的集团稳固地支撑着当今的政府，以及他们所说的保守财政。所以说，如果他们觉得今天早晨发生的事儿有任何可能性是针对他的，都会要我们彻底调查。"

波洛点点头。

"这正是我隐约猜到的，也就是我的感觉。"他意味深长地摆了摆手，"这里面似乎出了点什么差错。原本的目标是，或者说应该是，阿利斯泰尔·布伦特。也许这只是一个开始——一场大规模行动的开始？"他用鼻子在空中吸了两下，"我能闻到这单交易背后金钱的味道！"

贾普说："你想得太多了吧。"

---

①这里指的是黑衫军 BUF（British Union of Fascists），一九三二年在英国出现的一个极右法西斯组织，因为其成员身着黑色衬衫而得名。第二次世界大战爆发后，该组织被英国政府禁止。

"我是想说可怜的莫利只是这场游戏里面的一个小卒。也许他知道点儿什么,也许他告诉过布伦特点儿什么事,或者他们害怕他会告诉布伦特什么事情——"

格拉迪丝·内维尔走进屋来,他暂停了交谈。

"赖利先生正忙着给一个病人拔牙。"她说,"他大概十分钟之后会有时间,可以吗?"贾普说没问题,正好可以再跟那个艾尔弗雷德谈谈。

5

艾尔弗雷德感觉既紧张,又兴奋,同时还有点儿病态的恐惧,他担心眼前发生的这一切都会归罪于他!他到莫利先生这里工作刚满两周。在这两周里,他不断地、重复地犯着各种错儿,也一直不断地被批评,使他的自信心丧失殆尽。

"他似乎有点儿不像平时那么精神,"艾尔弗雷德回答着提问,"其他我不太记得什么了。我从来都不会想到他……他会自杀。"

波洛打断了他。

"你一定要告诉我们,"他说,"你所记得的今天上午发生的任何事情。你是一个非常重要的证人,你记起的东西可能会对我们有极大的帮助。"

艾尔弗雷德的脸瞬间变得通红,并挺起了胸膛。他已经简单地告诉了贾普上午发生的事儿。这会儿,他准备再好好谈谈自己的想法。他欣慰地感受到自己的重要性。

"我可以告诉你们熟(所)有的事情。"他说,"你们尽管问吧。"

"首先，今天上午发生过什么异常的事情吗？"

艾尔弗雷德想了一会儿，然后略带忧伤地说：

"并不能说有什么异样，和平时弯（完）全一样。"

"有没有陌生人来过这里啊？"

"没有，先生。"

"病人中也没有？"

"呃，我不知道您指的是病人。没有人是没有预约来的，如果您是这个意思的话。他们的名字都在登记簿上。"

贾普点点头。波洛问：

"有人能从外面随意进来吗？"

"不能，他们必须要有钥匙，明白吗？"

"但是离开就比较容易？"

"呃，是的，只要转一下把手就可以，出门后再把门拉上。就像我说的，大部分人都是这么做的。他们经常是自己从楼梯上走下来，同时我带下一个病人乘电梯上去，明白吧？"

"明白。那么你就告诉我们上午谁是第一个来的，以此类推。如果有人的名字你记不得了，就描述一下他们的模样。"

艾尔弗雷德想了一会儿，说："有个女士带着一个小女孩儿，来找赖利先生，还有个叫搜普太太什么的，来找莫利先生。"

波洛说："非常正确，继续。"

"然后是另一个年龄比较大的女士——上流社会那种——她是乘戴姆勒轿车来的。她走的时候，一个高个子的军人来了，他之后呢，您来了。"他朝波洛点点头。

"对。"

"然后那位美国先生来了——"

贾普紧接着问："美国人？"

"是的，先生。很年轻，他肯定是个美国人——我可以从他的口音里听出来。他来早了，我是说。他约的是十一点半，而且，他也没看上病。"

贾普问："什么意思？"

"不怪他，赖利先生十一点三十分按了铃儿——稍微晚了一点儿，其实，可能是十一点四十分。我来叫他，他已经不在了，可能是怕疼走掉了。"他似乎很懂的样子，接着说，"病人有时候就会这么做。"

波洛说："那他肯定是在我之后不久就离开的吧？"

"正是，先生。您是在我接了一位大人物之后走的，布伦特先生，他坐劳斯莱斯前来。哇，很酷的车，他约的是十一点三十分。接着，我就下楼送您出去，一位女士又来了。她是塞默·柏丽·西尔小姐，或者类似的名字。然后，我就……呃，事实上，我是去厨房吃了点儿点心，这时铃声响起，赖利先生的铃，所以我就出来了。我刚才说过，那位美国先生已经离去。我上去告诉赖利先生，他说了脏话，他总是这样。"

波洛说："继续。"

"让我想想，之后怎么了？哦，对了，莫利先生的铃响了，该轮到西尔小姐。那位大人物下了楼，我带着什么小姐来着坐电梯上去。然后我又下来，这时来了两位先生——其中一个矮矮的，声音又尖又怪——我记不得他的名字了。他找赖利先生，我是说。还有一个很胖的外国男人来找莫利先生。西尔小姐治疗时间不长——不超过一刻钟。我把她送走，然后带那个外国人上去。之前我已经把另外那位先生带给了赖利先生，他一来我就带他去了。"

贾普问："你没有看到安伯里奥兹先生，那位外国人离开，是吗？"

"没有，先生。我想我没有。他一定是自己离开的。那两位先生走时我都没看见。"

"十二点钟以后你在哪里？"

"我一直坐在电梯里，先生，等着大门的门铃或者楼上的蜂鸣器响。"

"也许你在看书？"

艾尔弗雷德的脸有点红。

"那也没什么不好，先生。我没什么事情好做。"

"没错儿，你在读什么书？"

"《死亡发生于十一点四十五分》，先生。是一本美国侦探小说，特别好看，先生，真的！都是关于职业杀手的。"

波洛微微地笑了一下。他说：

"你在那里能听到前门关上的声音吗？"

"您是说有人出去的话？我想我听不到，先生。我的意思是，我可能不会留意！你知道，电梯在门厅里面的拐角处，门铃就在它后面，两个蜂鸣器也是，这就保证我能听到。"

波洛点点头。贾普问：

"接下来发生了什么？"

艾尔弗雷德紧锁眉头，吃力地回想着："最后就来了位女士，舍迪小姐。我在等莫利先生的铃响，但是一直都没响，到了一点钟，那位等候的女士特别生气。"

"你没早点儿想到上去看看莫利先生是不是准备好了吗？"

艾尔弗雷德非常确定地摇摇头。

"我不会，先生。我想都不会想，因为我知道前一位还在上面。我应该等蜂鸣器的铃声。当然了，如果我知道莫利先生已经

37

自杀了——"

艾尔弗雷德带着不合时宜的回味摇摇头。

波洛问:"蜂鸣器通常是在病人下来之前就会响,还是之后?"

"要看情况,通常病人会走楼梯下来,然后铃响。如果他们叫电梯的话,就会是我带他们下来时铃响。但都不一定。有时莫利先生会等几分钟再叫下一个病人。如果他很着急,就会在前一个病人一出门就按铃。"

"我明白了——"波洛停顿了一下,然后接着说,"你对莫利先生的自杀感到吃惊吗,艾尔弗雷德?"

"我都吓傻了!我一点儿都看不出他有任何迹象会去寻短见。噢!"艾尔弗雷德把眼睛瞪得又大又圆,"啊……呃……他不是被谋杀的,对吧?"

波洛不等贾普开口就抢先问:"假如是,你会觉得没那么吃惊吗?"

"这个,我不知道,先生,我不知道。我想不出有谁会要谋杀莫利先生。他是一个——呃,一个非常普通的人嘛,先生。他确实是被谋……谋杀的吗,先生?"

波洛沉重地说:

"我们必须要考虑所有的可能,这就是我为什么说你是一个非常重要的见证者。你一定要尽量回想起今天上午发生过的所有事情。"

他加重了语气,艾尔弗雷德皱起眉头,拼命地回想。

"我想不起其他什么了,先生,确实想不起来了。"艾尔弗雷德可怜兮兮地说。

"很好,艾尔弗雷德。你特别肯定今天上午除了病人以外没有任何人来过这里,对吗?"

"没有陌生人来过,先生。内维尔小姐的那个年轻男友来过一下,看到她不在,他非常不高兴。"

贾普紧接着问:"什么时候?"

"十二点过一点儿的样子。我告诉他内维尔小姐今天不在,他看上去特别不高兴。他说他要等着见莫利先生。我又告诉他莫利先生一直到午饭前都会很忙,但是他说没关系,他还是要等。"

波洛问:"那他等了吗?"

艾尔弗雷德眼中充满了吃惊的神色,说道:"呃,我从没想过这个!他进了候诊室,但是后来又不在那儿了。他一定是等得不耐烦,想改日再来。"

6

艾尔弗雷德走出了房间。贾普急切地问:"你觉得跟这家伙提谋杀的事儿明智吗?"

波洛耸了耸肩膀:"我觉得有必要。这样提示他一下,他才能想起所有看到或听到的东西。他也会对这里发生的任何事情更加警觉。"

"尽管如此,我们还是不想让这件事太早传出去。"

"亲爱的,不会的。艾尔弗雷德读侦探小说,他对犯罪有痴迷的兴趣,不管从他嘴里说出什么来都会被人认为是艾尔弗雷德对于犯罪病态的狂想。"

"好吧,也许你是对的,波洛。现在我们要听听赖利先生怎么说了。"

赖利先生的诊室和办公室都在一楼,和楼上的房间一样大,但是光线暗一些。他的病人也少一些。

莫利先生的合伙人是个身材高大、面色黝黑的年轻人，一绺头发凌乱地散在额头上。他的声音颇有魅力，眼睛也炯炯有神。

"我们希望，赖利先生，"贾普自我介绍之后说，"您在这件事情上能给我们一些启示。"

"那您就错了，因为我帮不了你们什么。"赖利说，"我想说的是，亨利·莫利是最不可能寻短见的人。我也许会这么做，但是他不会。"

"您为什么会这么做？"波洛问。

"因为我有一大堆的麻烦，"赖利说，"钱的问题就是其中一个！我永远都做不到收支平衡。但莫利是个小心谨慎的人，他没有债务，没有钱方面的麻烦。这一点我可以肯定。"

"外遇呢？"贾普问。

"您是说莫利吗？他的生活没有任何乐趣！完全被他姐姐给控制了，可怜的人。"

贾普接着问起赖利当天上午看的那些病人的具体情况。

"噢，我想他们都很准时，而且没什么问题。小贝蒂·休斯，她是个好孩子——他们一家都先后成为我的病人。阿伯克隆比上校也是个老病人。"

"霍华德·赖克斯先生呢？"

"那个爽约的病人吗？他从没找我看过病，我对他一无所知。他打电话来特别要求预约在今天上午。"

"他是从哪里打电话过来的？"

"霍尔本宫酒店。他是个美国人，我猜。"

"艾尔弗雷德也这么说。"

"艾尔弗雷德应该知道，"赖利先生说，"他是个电影迷呢，我们的艾尔弗雷德。"

"您的另一个病人呢?"

"巴恩斯吗?有趣又严谨的小个子。他是个退了休的公务员,在侬陵路那边住。"

贾普停了一会儿,然后接着问:"您对内维尔小姐怎么看?"

赖利先生挑了一下眉毛。

"美丽的金发女秘书吗?没什么事儿,老兄!她和老莫利的关系绝对清白,我敢肯定。"

"我可从没想说他们不是呀。"贾普说得脸有点儿红。

"那是我理解错了。"赖利说,"请原谅我污秽的想法,好吗?我以为您这么问,是因为在怀疑那位女士!"

他岔开话题,对波洛说:

"原谅我用了您的语言。我的法语说得不错吧?都是跟修女们学的。"

贾普对他轻浮的表现感到不满,他问:

"您对和她订婚的那个年轻人有什么了解吗?据我所知他叫卡特,弗兰克·卡特。"

"莫利不太看得上他。"赖利说,"他曾经劝内维尔跟他分手。"

"这会令卡特不爽吧?"

"可能让他非常不爽。"赖利幸灾乐祸地附和着。他停顿了一会儿,又说:"不好意思,你们现在是在查自杀,并不是谋杀,对吧?"

贾普立即说:"假如是桩谋杀,您会有什么线索可以提供吗?"

"我没有!我宁愿它是乔治娜干的!她是那种十分节制、令人生畏的女人。不过我想乔治娜是个非常正直的人。当然,我也可以偷偷溜到楼上去,把那老兄给杀了,但是我没有。其实,我很难想象有谁会想杀了莫利，但我又无法想象他是自杀。"

他的语气有了些变化，补充道：

"事实上，我对此感到很难过……你们千万别拿我的话当真，好吗？我很喜欢老莫利，我会想念他的。"

7

贾普放下电话，面色凝重，他转身对波洛说：

"安伯里奥兹先生感觉不太舒服，今天下午不想见任何人。但他得见我，别想跟我耍花招！我已经安排人去了萨伏依酒店。如果他要逃跑，就可以跟踪他。"

波洛若有所思地问：

"你觉得是安伯里奥兹开枪打死了莫利？"

"我不知道，但他是莫利生前最后见到的人。而且，他是个新病人。根据他自己所说，他在十二点二十五分离开，那时莫利还好好的。他说的也许是真话，也许不是。如果莫利那时还没事儿，那么我们就要弄清楚接下来发生了什么。这时离他下一个预约还有五分钟，在这五分钟里有没有人进来看到过他？比如：卡特？或者赖利？发生了什么事？依照这个说法，从十二点半，或者二十五分到最多一点钟之间，莫利死了。不然的话他要么就会按响蜂鸣器，要么就会传话下来给舍迪小姐，让她别等了。可是他没有，所以他要么就是被杀了，要么就是有人跟他说了些什么，让他沮丧到无法解脱，然后结束了自己的生命。"

他停了一会儿。

"我要找每一个他今天上午看过的病人聊聊，或许他会跟他们中间的谁说过什么对我们有帮助的事。"

他看了看手表。

"阿利斯泰尔·布伦特先生说他四点十五分时可以和我聊几分钟。我们先去找他。他家住在切尔西堤。然后,我们在去找安伯里奥兹的路上,可以先和那个叫塞恩斯伯里·西尔的女人聊一下。我想在见到我们的希腊朋友之前,尽量多了解点儿信息。之后呢,我想再跟你说的那个'杀人犯'美国人聊一两句。"

赫尔克里·波洛摇头说:"不是杀人犯,是牙疼。"

"无所谓啦,反正我们要见见这个赖克斯先生。他至少也是举止怪异。我们还要查查内维尔小姐的那封电报,还有她姑姑和那个年轻人。事实上,我们要把所有的人和所有的事儿都查一遍!"

8

阿利斯泰尔·布伦特从来都不是公众眼里的大人物,可能因为他生性淡泊,喜欢冷清,也可能因为长期以来他所扮演的角色一直是亲王,而非国王。

丽贝卡·桑塞文拉托,娘家姓阿诺德,四十五岁时来到伦敦。她当时所有的希望都已破灭。她出身富贵人家,父母都具有王室血统。她母亲是欧洲罗瑟斯坦斯家族的继承人,父亲是美国阿诺德家族一家大银行的老板。丽贝卡的两个兄弟相继过世,给这个家庭带来巨大灾难。一个堂兄也死于飞机失事。她一跃成为家族巨大财产的唯一继承人。她嫁给了欧洲一个名门贵族菲利普·迪·桑塞文托拉,并与这个贵族出身但声名狼藉的恶棍一起度过了悲惨的两年。最终,在结婚三年后,她离婚了,而且得到了孩子的监护权。又过了几年,孩子也死了。

接踵而来的遭遇让她非常痛苦。丽贝卡·阿诺德全身心地投入到金融生意上,她血液中具有这方面的天分,同父亲一起经营银行的生意。

父亲死后,她所拥有的巨额财产使她在金融界依然享有盛名。她来到伦敦时,伦敦银行的一个小合伙人带着各种文件到克拉里奇见她。六个月后,丽贝卡·阿诺德嫁给了比她小近二十岁的阿利斯泰尔·布伦特。消息传出后,所有人都吃了一惊。

有人嘲讽,有人微笑。丽贝卡的朋友们说,她在和男人交往方面绝对是个傻瓜!第一次是嫁给桑塞文托拉;现在,又嫁给这个年轻人。他当然是看上了她的钱才和她结婚的。这对她来说,必定是第二次灾难!但是,出乎所有人的意料,他们的婚姻相当成功。那些曾经预言阿利斯泰尔·布伦特会用她的钱找其他女人的人都错了。他对妻子忠贞不渝。即便在她死后,他继承了她的巨额财产,完全可以随心所欲时,他依然没有再娶,还是像以前一样过着简单而平静的生活。他在金融方面的天赋毫不逊于他的妻子,他的判断力和操作能力有口皆碑,他的才能毋庸置疑。他凭着自己的能力坐拥庞大的阿诺德家族和罗瑟斯坦斯财团的大部分股权。

他很少与外界接触,在肯特郡有一栋房子,在诺福克也有一幢别墅。他通常周末会去那里——并没有什么热闹的聚会,只是和几个安静的、老派的朋友一起聚聚。他热衷高尔夫,而且打得也不错。他对园艺也有着浓厚的兴趣。

这就是贾普探长和赫尔克里·波洛坐着老爷出租车一路颠簸来见的人。面前的哥特式大房子是切尔西堤著名的标志性建筑。房子里面的装饰简约中透着奢华和富贵,看上去并不现代,但非常舒适。

阿利斯泰尔·布伦特没有让他们久等，马上就出来见他们了。

"贾普探长吗？"

贾普走上前，并引见了赫尔克里·波洛。布伦特饶有兴趣地打量着波洛。

"我听说过您的大名，波洛先生。我一定……最近……在什么地方——"他皱着眉头停了下来。

波洛说："是今天上午，先生，在可怜的莫利先生的候诊室里。"

阿利斯泰尔·布伦特紧锁的眉头舒展开了。他说："正是，我就觉得在哪里见过您。"他转身对贾普说，"我能帮到您什么？我听说了莫利先生的事儿，真让人惋惜。"

"您很吃惊吗，布伦特先生？"

"非常吃惊。当然了，我和他并不是很熟，但我还是觉得他完全不像一个会自杀的人。"

"今天上午他看上去情绪、健康方面都没什么问题吧？"

"我想是的——是的。"阿利斯泰尔·布伦特停了一下，然后带着一丝孩子气地微笑说，"说真的，我最怕去看牙医了。我就是特别不喜欢那个可怕的钻头在嘴里钻来钻去。所以我并没有留意别的东西。一钻完，我就起身离开了。但是，我感觉莫利看上去完全正常，快乐地忙碌着。"

"您经常去他那儿看牙吗？"

"我想这是我第三次或第四次去那里了。我之前牙齿一直都很好，直到去年，可能是老了吧。"

赫尔克里·波洛问："最初是谁介绍您去莫利先生的诊所的？"

布伦特皱起双眉，努力回想着。

"我想想看啊——我有颗牙疼，有人让我去夏洛特皇后街找莫利先生……真想不起来是谁告诉我的了。对不起。"

波洛问："如果您之后想起来，请告诉我们，我俩谁都行，可以吗？"

阿利斯泰尔·布伦特好奇地看了看波洛，说：

"好的，当然。不过为什么呢？这点很重要吗？"

"我有种感觉，"波洛说，"这点也许很重要。"

他们从房子里出来，正要下台阶，一辆车开过来，在门前停下。这是辆跑车，必须从方向盘下面将身体一段一段挤出来的那种。

一个年轻的女人正这样从车里出来，能看到的只是她的双手和双腿。当两个男人转身朝大街上走时，她才完全从车里钻出来，站在人行道上从后面望着他们。

突然，她大声喊："喂！"

两个男人并没有意识到是在叫他们，都没有回头。于是，女孩子又喊道："喂！喂！那边那两位！"

他们停下来，好奇地四处张望。女孩子向他们走过去。她身材高挑、苗条，修长的手脚就像刚才从车里往外挤时一样引人注目。她的五官长得不算漂亮，但是脸上露出的灵气和活力弥补了它的不足。她的皮肤被太阳晒得微黑。

她对波洛说："我认识您，您是那个侦探，赫尔克里·波洛！"她的声音听上去热情而浑厚，略带一丝美国口音。

波洛说："愿为您效劳，小姐。"

她转眼打量着他的同伴。

波洛说："这位是贾普探长。"

她瞪大了双眼，似乎很惊讶，有点儿不安地问：

"你们来这里干什么？阿利斯泰尔姨公没……没什么事儿吧？"

波洛马上问："您为什么会这么想呢，小姐？"

"没事儿对吗？那就好。"

贾普又把波洛的问题重复了一遍："您为什么觉得布伦特先生会有事儿？您是 ——"他停下来等待她的回答。

女孩子机械地答道："奥利维娅，简·奥利维娅。"然后，她勉强地微笑了一下，说："警犬门口出现，屋顶必有炸弹，不是吗？"

"我很高兴地告诉您，布伦特先生一点儿事儿都没有，奥利维娅小姐。"

她盯着波洛的眼睛说："是他叫你们来的吗？"

贾普说："是我们来找他的，奥利维娅小姐。看他能不能为今天早上的一起自杀案提供什么线索。"

她急切地问："自杀？谁啊？在哪儿啊？"

"莫利先生，是个牙医，在夏洛特皇后街五十八号。"

"噢！"简·奥莉维娅茫然地说，"噢！——"她木然地两眼凝视前方，皱起眉头。

然后她突然说：

"哦，但是这太荒谬了啊！"说完她转过身，招呼也不打就扔下他们，向着那座哥特式房子的台阶跑去，拿出钥匙开门进去了。

"哇！"贾普盯着她的背影说，"这句话说得好奇怪啊。"

"有点儿意思。"波洛漫不经心地说。

贾普缓过神儿来，看了下手表，挥手叫了一辆刚好经过的出租车。

"去萨伏依酒店前还有时间。顺路去找一下塞恩斯伯里·西尔。"

9

塞恩斯伯里·西尔小姐正在格伦戈威尔宫廷酒店灯光昏暗的大堂里喝茶。

便衣警察的突然来访让她有些不知所措。但是，据贾普观察，她的激动情绪是一种愉快的自然流露。波洛遗憾地注意到她的鞋扣还是没有缝上。

"真的，警官，"塞恩斯伯里·西尔小姐用悦耳的嗓音说，一边不停地四下张望，"我真不知道哪里能让我们隐秘些，太不容易了。下午茶时间——不过您也许想喝点儿茶……啊，还有您的朋友——"

"不用了，女士，"贾普说，"这位是赫尔克里·波洛先生。"

"是吗？"塞恩斯伯里·西尔小姐说，"那么也许——您确定，你们两个都不想喝茶？不喝？呃，也许我们可以去客厅看看，不过那里通常也都是坐满了人。噢，有了，那边有个角落比较隐蔽，那几个人正要离开。我们要不过去吧——"

她朝一个由沙发和两把椅子围起来的相对独立的空间走过去，波洛和贾普跟着她。波洛随手捡起了塞恩斯伯里·西尔小姐掉在地上的围巾和手帕，还给了对方。

"噢，谢谢您，我真是太不小心了。现在，侦探先生，您可以……哦不，是探长，对吧？您可以问我任何问题。太让人难过了，整件事儿。可怜的人……我猜他一定是有什么想不开吧？当下这个时代真是让人担忧！"

"您见他时觉得他有烦恼吗，塞恩斯伯里·西尔小姐？"

"这个……"塞恩斯伯里·西尔小姐回想着。最后，她不情愿地说："我其实不确定他有什么烦恼，明白吗，但是也许我感觉不到……在那种情况下。我很胆小。"塞恩斯伯里·西尔小姐傻笑了一下，用手拍了拍她那鸟巢似的卷发。

"您能告诉我们您在候诊室时，还有什么其他的人在等吗？"

"哦，让我想想。我进去的时候，只有一个小伙子在那儿。我想他正牙疼，因为他看上去很狂躁，还嘟嘟囔囔地自言自语，胡乱地翻着一本杂志。然后，他突然站起来就走了，一定是牙疼得受不了。"

"您知道他出了那个房间之后有没有离开诊所吗？"

"这我可不知道。我猜他疼得受不了，一定要去找个牙医看看。但是他不一定非要看莫利先生呀，因为他走后几分钟，我就被叫号了。"

"您离开时有没有再去候诊室？"

"没有，您知道，我在莫利先生的房间里就整理好头发，戴好帽子了。有的人呢，"塞恩斯伯里·西尔小姐饶有兴致地接着说，"在候诊室里就把帽子摘掉，但我从来都不。我有个朋友这样做过，结果发生了特别令人难过的事儿。那是一顶新帽子，她小心地把它放在椅子上。您怎么都不会相信，等她从楼上下来时，一个孩子正坐在她的帽子上，把它完全压瘪了。毁了！彻底毁了！"

"太惨了。"波洛礼貌地应和着。

"我觉得完全怪那个孩子的妈妈，"塞恩斯伯里·西尔小姐口气坚定地说，"妈妈应该管好自己的孩子。小孩们不是故意使坏，但是妈妈应该看好他们。"

贾普说:"那么,那位牙疼的年轻人是您在夏洛特皇后街八十五号见到的唯一病人,对吗?"

"就在我上楼去找莫利先生时,有位先生从楼梯上下来。哦!我还记得,我刚到的时候,还有一个长相很特别的外国人从诊所里出来。"

贾普咳了两声。波洛自豪地说:

"那就是我,女士。"

"噢,天哪!"塞恩斯伯里·西尔小姐仔细地端详了他,"就是您!请原谅,我特别近视,而且这里很暗,对吧?"她说着说着就自相矛盾了,"真的,您知道,我向来对见过的人过目不忘,但是这儿的光线太昏暗了,对吧?请千万要原谅我!"

他们俩安慰了这位女士一会儿,贾普问:

"您是不是可以肯定莫利先生没有说任何关于——比如,今天上午他要见一个令他不愉快的人之类的话?"

"没有,没有,他什么都没说。我的意思是除了看病时需要说的那些话。"

波洛的脑海里闪过"漱口""请张大一点儿""现在慢慢合上嘴"。

贾普进入谈话的下一步,他说有可能会需要塞恩斯伯里·西尔小姐在法庭上提供证词。塞恩斯伯里·西尔小姐先是惊呼了一声,然后似乎欣然接受了这个提议。

接着,贾普的一个试探性的小问题就引来了塞恩斯伯里·西尔小姐对自己整个生平的回顾。

她应该是六个月前从印度来到英国,住过几家不同的酒店和提供食宿的住处,最后住进了格伦戈威尔宫廷酒店。她很喜欢这家酒店,因为这里有家的氛围。在印度时,她大多数时间都住在加尔各答。她在那里传教,也教一些演讲技巧。

"最重要的是,探长,我能说纯正、规范的英语。"塞恩斯伯里·西尔小姐不自然地笑了笑,又接着喋喋不休地说,"年轻时我当过演员。哦!只是些小角色,跑跑龙套之类的。但是我有远大的抱负——演保留剧目。然后我参加了一次环球巡演,演莎士比亚、萧伯纳的剧目。"她叹了口气,"我们女人的可怜之处就是心太软,完全受情感支配。我经历了一次冲动的婚姻。天哪!我们几乎马上就分手了。我……我不幸被欺骗了。我改回了娘家姓。一个朋友好心给了我一些钱,我开了一所演讲技巧培训学校。我还帮着建立起了一个业余剧团。我一定要给你们看几张我们的招贴海报。"

贾普探长知道这有多危险!他成功地躲过了。塞恩斯伯里·西尔小姐最后只好说:"如果有任何可能我的名字会出现在报纸上——作为法庭审讯证人,我想说,您一定要确认拼写是否正确。梅布尔·塞恩斯伯里·西尔——梅布尔是 M-A-B-E-L-L-E,西尔是 S-E-A-L-E。当然了,如果真的想提到我曾经在牛津话剧团出演过《皆大欢喜》的话——"

"当然了,当然了。"贾普探长礼貌地应付着逃了出去。

在出租车里,他叹了口气,擦了擦额头。

"如果有必要,我们应该可以把她的一切都查清楚,"他说,"除非她说的全都是谎话,但是我不觉得她在撒谎!"

波洛摇摇头。"说谎的人,"他说,"不会讲得这么详细,也不会这么事无巨细全盘托出。"

贾普接着说:"我之前还担心她会不敢出庭——多数年龄大的单身女人都会这样。但是她当过演员,所以热情接受。对她来说这也是个受人瞩目的机会!"

波洛说:"你真的想让她出庭做证吗?"

"可能不会,要看情况。"他停了一下,然后说,"我敢肯定,波洛,这不是一起自杀。"

"那么动机呢?"

"这个我们目前还回答不了。也许莫利曾经勾引过安伯里奥兹的女儿?"

波洛没吱声。他正试着想象莫利先生扮演一个勾引者,去勾引一个眉目传情的希腊女郎的样子,但是怎么都想不出。

他提醒贾普,赖利先生说过他的合伙人没有什么生活情趣。

贾普含糊地说:"噢,那可不一定,就像你永远都料不到邮轮上会发生些什么!"接着他又自我安慰说:"我们跟这个家伙谈过之后就会更清楚些了。"

他们付了车费,走进了萨伏依酒店。贾普问酒店工作人员安伯里奥兹先生在哪里,那个职员用异样的眼光看着他们,说:"安伯里奥兹先生?对不起,先生,您可能没法见他。"

"我当然可以,小伙子。"贾普不高兴地说。他把职员往边上拉了拉,亮出了自己的身份。

酒店职员说:"您没有理解我的话,先生,安伯里奥兹先生半个小时前死了。"

波洛感觉就像一扇门被轻轻地,但是紧紧地关上了。

五，六，衔树枝 ————

1

二十四小时后，贾普给波洛打了个电话。

他恨恨地说："水落石出了！整件事情！"

"你什么意思，我的朋友？"

"莫利不是自杀了吗，我们找到动机了。"

"是什么？"

"我刚刚拿到安伯里奥兹的法医报告，我就不给你读官方的行话了，但是上面清清楚楚地写着他是因肾上腺素和普鲁卡因过量致死。我的理解是，药物进入了他的心脏，然后他就虚脱了。可怜的家伙昨天说他不舒服，居然是实话。所以，你看，肾上腺素和普鲁卡因是牙医注射到他的牙龈里的局部麻醉药。莫利出了差错，注射过量了。然后，等安伯里奥兹走了之后，他意识到这一点，不能面对这个事实，所以就开枪自杀了。"

"用一把没人知道他有过的手枪？"波洛问。

"他可能一直都有那把枪。亲戚们不可能什么都知道。有时你会吃惊于他们有多少事情都不知道！"

"这倒是真的。"

贾普说："现在你看到了吧，这就是这个案子完美合理的解释。"

波洛说：

"我的朋友，我并不觉得十分满意。病人们确实会被告知他们可能会对局部麻醉有不适之感。肾上腺素的特异反应也是众所周知的，与普鲁卡因合用会有毒性，所以一直以来都是小剂量使用。但是医生或者牙医怎么都不会因为用了这种药而自杀啊！"

"是的，但是你所说的是他们正常使用肾上腺素的情况。在这种情况下，不会有人责怪相关医生，因为是病人的特异反应引发了死亡。但是在我们的这个案子中，有非常明显的用药过量。他们还没有查出具体精确的用量，这种定量分析看来需要很长时间，但肯定多于正常用量。这就意味着莫利肯定是出了差错。"

"即便，"波洛说，"他确实弄错了，那也不是犯罪呀。"

"是，但对于他行医可没什么好处。事实上，这可以完全毁了他。没有人会去找一个因为一时的心不在焉就给你注射致命剂量毒药的医生。"

"的确不会有人这么做，这个我承认。"

"这种事情确实会发生，也许是医生，也许是药剂师……他们多年来都非常小心，非常可靠。可是，一次不小心，酿成惨剧，这倒霉的医生就得为它负责。莫利是个敏感的人。通常来说，医生发生这种情况时，都会有个药剂师或者配药的人和他一起分担罪责，或者说承担责任。但在我们这个案子里，莫利是要负全责的。"

波洛不同意。

"他不会留下什么字条吗？解释一下发生了什么事，导致他无法面对其后果，诸如此类的东西？或者只是给他姐姐留个话？"

"不会，我的看法是，他突然意识到发生的事儿，失去了理智，找了个最快的解脱办法。"波洛没有回答。

贾普说：

"我明白，老伙计，你一旦全身心地投入一桩凶杀案，总会觉得是起谋杀！我承认，这次是我把你引往那个方向的。可是，我错了，我坦率地承认。"

波洛说："我还是觉得，也许还有另一种解释。"

"也许有很多种解释呢。我都想过，但都太离谱了。比如说，安伯里奥兹开枪打死了莫利，回到家，心中懊悔，然后用他从莫利那里偷来的一点药自杀了。也许你觉得这有可能，可我觉得完全没有可能。苏格兰场有安伯里奥兹的一份记录，非常有意思。他在希腊从一间小酒店起家，然后涉足政治，在德国和法国做谍报工作，但赚钱很少。后来他很快赚到了一笔钱，却并不是靠这个。我们相信他做了一两单敲诈的活计。不是个正派人哪，我们的安伯里奥兹先生。据说去年他在印度时，轻而易举地让一个天真的王子出了血。不过很难找到这件事的证据，所以他像泥鳅一样溜掉了！还有一种可能，他也许拿某件事来敲诈莫利。莫利呢，见到机会来了，就给他注射了过量的肾上腺素和普鲁卡因，希望他的死最后被断定是一起不幸的医疗事故——肾上腺素的排异反应，或者诸如此类的原因。然后，等他走后，莫利心中懊悔，自杀了。这个当然也有可能，可是我似乎看不出莫利是一个蓄意杀人犯。不对，我确信是我先前说的第一种可能——那天上午，他由于超负荷工作，出了差错。应该就是这样，波洛。我已经和头儿说了，他也同意。"

"好吧。"波洛叹了口气，又说，"好吧。"

贾普好心地说："我明白你的感受，老伙计。但是你不可能每次都能遇上令人感到刺激的谋杀案哪！就这样吧。我只能套用句老话抱歉地对你说'对不起，打扰了！'"

他挂断了电话。

2

赫尔克里·波洛坐在他漂亮时髦的办公桌前。与古典家具相比，他更喜欢时髦的家具，喜欢它们方方正正的外形和敦实的感觉。他面前放着一张正方形的纸，上面工整地写着一些标题和注释。有些地方还标着问号。

首先是：

安伯里奥兹，间谍活动，来英国也是为此吗？去年在印度，当时有暴动和骚乱。有可能是共产党的谍报人员。

空行，然后是下一个标题：

弗兰克·卡特？莫利对他不满意，最近失去工作。为什么？

接下来是一个名字，后面只有个问号：

霍华德·赖克斯？

下面是引号里的一句话：

"但是这太荒谬了啊！"

赫尔克里·波洛在脑子里自问自答着。窗外，一只小鸟正衔着一根树枝来筑巢。赫尔克里·波洛坐在那里，蛋形脑袋歪向一边，看上去就好像一只鸟。他在纸的下方又写了一行字：

巴恩斯先生？

他停了一下，接着又写：

莫利的办公室？地毯上的痕迹。可能性。

他对着最后一段话考虑了很久。然后，站起身，叫仆人拿来他的帽子和手杖，出门了。

3

一小时四十五分钟之后，赫尔克里·波洛从伊灵大道地铁站走出来。五分钟后，他到达了目的地——城堡园路八十八号。这是一幢小小的、一面与邻居相连的连排屋。看到屋子前院的花园整齐有致，赫尔克里·波洛赞赏地点点头。

"漂亮的对称格局。"他自言自语地说。

巴恩斯先生在家。波洛被领到一个很精致的小客厅。不一会儿，主人就出来见他了。巴恩斯先生个子矮小，两眼很有神，头发却几乎掉光了。他透过眼镜上下打量着来访者，左手拨弄着波洛刚刚交给女佣的名片。他谨慎地几乎是用假声轻轻地说：

"哦，哦，波洛先生吗？我很荣幸。"

"请原谅我这么贸然来访。"波洛礼貌地说。

"这样最好，"巴恩斯先生说，"这个时间很合适，七点差一刻。这个季节里这个时间不管去谁家找人都是最保险的。"他挥了挥手,"坐吧,波洛先生。我想我们俩一定有不少要谈的。夏洛特皇后街五十八号,我猜?"

波洛说:"您猜对了,但您是怎么想到的呢?"

"亲爱的先生,"巴恩斯先生说,"我从内政部退休已经有些时候了,不过我还没有完全迟钝。如果有什么秘密的事儿,最好不要惊动警方,太惹人注意!"

波洛说:"我想再问一个问题,您为什么会认为这是个秘密的事儿呢?"

"不是吗?"对方问,"那么,如果不是——我认为它应该是。"他身子向前倾,用眼镜轻轻地敲打着椅子的扶手,"在特工情报工作中,您想要的从来都不是那些小苍蝇,而是最大的蛙虫。但是如果想找到他们,您必须格外小心,不能惊动那些小苍蝇。"

"我觉得,巴恩斯先生,您知道的比我多。"赫尔克里·波洛说。

"我什么都不知道,"对方说,"只不过做了些简单的推理而已。"

"您的推论之一是?"

"安伯里奥兹,"巴恩斯先生马上说,"您忘了我在候诊室里和他面对面坐了一两分钟。他不认识我。我永远都是个不起眼的人,有时这并不是件坏事。可是我认识他,我还可以猜到他去那里干什么。"

"干什么?"

巴恩斯先生两眼放光:"我们国家的人都很讨厌,很保守,明白吗,保守到骨子里去了。我们也有很多抱怨,但是并不想砸烂这个民主政府去做新的尝试。这就使那些可悲的全力要颠覆我们的外国煽动者痛心疾首！在他们看来，问题的关键在于，作为一个国家，我们有着相当的金融实力。目前这在欧洲国家中已是绝无仅有了！要打击英国，真正地打击它，你必须搞垮它的金融，这是唯一的办法！那么有阿利斯泰尔·布伦特这样的人在掌权，你就不可能搞垮英国金融。"

巴恩斯先生停了停，又接着说："布伦特是那种私人生活中永远都不欠账的人，只在自己的财力范围内生活——不管他每年进账两分钱还是几百万都一样。他就是这类人。在他看来，一个国家也应该是这样的！没有昂贵的实验，没有狂热的开支用于乌托邦式的梦想。这就是为什么，"他又停了一下，"这就是为什么一些人下决心要赶走他。"

"啊。"波洛说。

巴恩斯先生点点头。"是的，"他说，"我知道自己在说什么。他们当中有些是很好的人，长长的头发，期待的眼神，一心想着更美好的未来。另一些人呢就不太好，事实上是非常坏。他们留着小胡子，操着外国口音，整天鬼鬼祟祟。还有另一大帮恶棍之类的。这些人都认为：布伦特必须滚蛋！"

他把椅子微微向后靠了靠，然后又向前倾："他们都想打破旧秩序！那些托利党分子、保守党分子、顽固派，还有那些精明多疑的商人，都是这么想的。也许这些人是对的，我不知道。但我知道一件事——你必须要清楚用什么来代替旧秩序——必须是切实可行的东西，而不只是听上去好听。呃，我们在这里也不必深究，反正我们需要的是确凿的证据，而不是虚无缥缈的理论。把支柱铲除，房子自然就倒了。布伦特就是一根这样的支柱。"

他又向前靠了靠："他们是冲着布伦特去的，这个我知道。依我看，昨天上午他们差点儿得手。也许我错了，但是过去就有人用过，我是说这种手段。"

他停了下来，接着他谨慎地、轻声地说出了三个名字。一个是才干卓越的财政大臣，一个是有远见、有进步思想的企业家，还有一个是颇得民心、有希望的年轻政治家。第一个死在手术台上，第二个因为得了一种不知名的怪病，没有被及时诊断出来而死，第三个死于车祸。

"非常简单，"巴恩斯先生说，"麻醉师弄错了麻药。你看，这确实可能发生。第二个例子中，症状比较不明显。看病的医生只是个好心的全科医生，不能指望他诊断出病因。第三个例子是一个心急如焚的妈妈开车去接她生病的孩子。催人泪下的故事，陪审团宣判她无罪！"

他又停了一下："事情都发生得非常自然，而且不久就被人遗忘。但是让我来告诉你这三个涉事人现在的情况。第一个麻醉师以个人名义创建了一所一流的实验室——不惜工本。第二个普通科的医生退休了，现住在布劳兹一座不错的房子里，还有一艘游艇。那个妈妈呢，现在住在郊外一座漂亮的花园洋房里，还有一个围场。她的孩子们不仅可以接受一流的教育，还可以在假日里骑马。"

他边说边慢慢地点着头。

"在任何职业任何行当中，都会有经不住诱惑的人。我们这个案件的问题在于莫利不是这种人。"

"您觉得事情是这样的？"赫尔克里·波洛说。

巴恩斯先生说：

"是的。要想接近一个大人物很不容易，你知道。他们都被保护得很好。汽车事故有风险，而且并不是每次都得手。但是在牙医的手术椅上，人毫无防御能力。"

他摘下眼镜,擦了擦,然后又戴上。他说:

"这就是我的推断!莫利不肯下手,然而他知道的又太多,所以他们必须把他除掉。"

"他们?"波洛问。

"我说的他们,是指这件事背后的那个组织。当然,具体下手的只是一个人而已。"

"哪个人?"

"这个,我可以猜得到,"巴恩斯先生说,"但我只是猜测,也可能不对。"

波洛轻轻地问:"赖利?"

"当然啦!他是最明显的一个。我想也许他们根本就没有要莫利亲自下手。他要做的就是在最后一分钟把布伦特推给他的搭档——突然不舒服之类的借口。由赖利来具体操作,于是就会出现另一桩让人遗憾的医疗事故——著名的银行家死了,抑郁的年轻牙医在法庭上瑟瑟发抖,楚楚可怜。然后很可能就会被轻易地放过。之后,他会放弃行医,以每年几千英镑的可观收入在某个地方安居下来。"

巴恩斯先生望着波洛。"别以为我是在编故事,"他说,"这种事情确实时常发生。"

"是的,是的,的确时常发生。"

巴恩斯先生用手敲打着放在他身边桌子上的一本封面艳丽的书,说:"我读了不少这样的间谍故事。有些非常离奇。但奇怪的是它们怎么都不如实际发生的精彩。里面有美丽的女冒险家,有操着外国口音的邪恶的坏人,有帮派、国际组织,还有超级大骗子!看到我自己知道的一些东西出现在故事里我都觉得难为情,根本不会有人相信它们是真的!"

波洛说:"依您的推断,安伯里奥兹充当了什么角色?"

"我不太确定,我想他是个替罪羊。他不止一次地玩过双面间谍的把戏。我敢说他是被算计了。不过,这只是个想法。"

赫尔克里·波洛轻轻地说:

"如果您的想法是正确的,那么接下来会发生什么?"

巴恩斯先生擦了擦鼻子。

"他们还会再找机会对付他,"他说,"哦,没错,他们还会再找机会。时间不会太长。布伦特有人保护,我敢说,他们需要格外小心。下手的人不会拿把手枪藏在树丛里,一定不会这么简单明显。您要告诉他们要注意那些和他有来往的体面人——他的亲戚朋友、老用人、帮他配药的药剂师助理、卖酒给他的酒商。干掉阿利斯泰尔·布伦特可以挣好几百万呢。人们为了,比如说一年四千英镑的收入,什么都愿意做!"

"有这么多吗?"

"也许会更多……"

波洛没吱声。过了一会儿他说:"我开始时也想到过赖利。"

"爱尔兰人?爱尔兰共和军?"

"没想这么多。但是,您知道,地毯上有一处好像尸体从上边被拖过的痕迹。可是,如果莫利是被一个病人开枪打死的,那他就应该是在他的诊室里被枪杀,没有必要去移动尸体啊。这就是为什么我从一开始就怀疑他不是在诊室里被害的,而是在他的办公室里——就在诊室隔壁。这就意味着他并不是被病人杀害的,而是那栋房子里的某个成员。"

"不错。"巴恩斯先生欣赏地说。

赫尔克里·波洛起身,伸手告别。

"谢谢您,"他说,"您给了我很大帮助。"

4

回家的路上,波洛又去了格伦戈威尔宫廷酒店。

有了这次到访,他第二天一早就打电话给贾普。

"早晨好,我的朋友。今天开庭,对吗?"

"是的,你会去吗?"

"我想我不会。"

"我想确实也不值得你费神去听。"

"你叫塞恩斯伯里·西尔小姐出庭做证吗?"

"可爱的梅布尔(Mabelle)——她为什么不能把名字弄得简单点儿,Mabel不行吗?这种女人真让我受不了!没有,我没叫她来,没必要。"

"你没听到她的什么消息吗?"

"没有,出什么事儿了吗?"

赫尔克里·波洛说:

"我随便问问。你也许有兴趣知道塞恩斯伯里·西尔小姐前天晚饭后离开了格伦戈威尔宫廷酒店,而且一直都没再回去。"

"什么?她逃走了?"

"这可能是一种解释。"

"但她为什么要逃呢?她没什么问题,说的都是实话,履历也很清楚。我给加尔各答发了电报了解她的情况——那是在我知道安伯里奥兹的死因前,否则我都不会发。而且昨晚我拿到了回复,都没有问题。她在那边住了好多年,她对自己的陈述都如实,只是关于婚姻那一段有些含糊。她嫁给了一个印度学生,后来发现他有另外几个相好。所以她恢复了自由身,开始了慈善工作。她和传教士们合作，教授演讲技巧，帮助建立业余剧团。事实上，我觉得她挺惨的，但是绝对不可能与凶杀案有牵连。现在，你又说她跑了！我实在不理解。"他停了一分钟，然后不确定地说，"也许她只是厌倦了那家酒店？我就挺容易产生这种念头。"

波洛说："她的行李还在酒店，她走的时候什么都没带。"

贾普说了句脏话。

"她什么时间离开的？"

"大概七点差一刻。"

"酒店那边的人怎么说？"

"他们都很难过，女经理看上去完全乱了方寸。"

"他们为什么没有报警呢？"

"因为，我的朋友，设想一下一位女士偶尔去外面住一晚（不管她的情况看上去多么不像），回来时如果发现酒店把警察给叫来了，她得有多生气。哈里森夫人，酒店的那个女经理，给几个医院都打了电话，以防她是出了车祸。我去时她正考虑通知警署。我的出现在她看来简直是上帝的安排。我把事情揽了过来，说我会找一位办事谨慎的警官来帮忙。"

"这位办事谨慎的警官一定是你的好朋友了，我猜？"

"你猜得很对。"

贾普嘟哝说："好吧，庭审后我跟你一起去格伦戈威尔宫廷酒店。"

5

他们在等女经理时，贾普还在嘟嘟囔囔地说：

"这个女人为什么会失踪呢？"

"你也觉得很奇怪，对吧？"

他们没时间再继续聊天了。

哈里森夫人，格伦戈威尔宫廷酒店的主人出现在他们面前。她一直讲个不停，一副快要哭了的样子。她特别为塞恩斯伯里·西尔小姐担心。她会发生什么事儿啊？她很快就想到了所有可能发生的危险，失忆，突然病倒，哪里出血了，被车撞了，遭抢劫或者袭击——

终于，她停下来喘了口气儿，又自言自语道：

"多好的一个女人，而且她看上去在这里住得很愉快，很舒服啊。"

应贾普的要求，她带他们来到楼上失踪女士的客房。房间里干净整齐。衣服都在衣柜里挂着，睡衣叠得好好的放在床上。塞恩斯伯里·西尔小姐的两只不大的旅行箱摆在一个角落，一排鞋子摆在梳妆台下面——有实用的牛津布鞋、两双浮夸的带有皮蝴蝶结装饰的高跟鞋、一双黑色缎面的晚装鞋，看上去还很新，还有一双鹿皮鞋。波洛注意到那双晚装鞋比其他的鞋要小一号，这种情况一般是因为买减价商品或者是为了虚荣，不想自己的脚看上去太大。他想知道塞恩斯伯里·西尔小姐离开前有没有时间把她那个掉了的鞋扣给缝上。他希望她有，衣冠不整总是让他感到烦躁。

贾普忙着翻看梳妆台抽屉里的一些信件。赫尔克里·波洛小心翼翼地拉开抽屉柜的一个抽屉，里面全都是内衣。他轻轻地把它关上，自言自语地说塞恩斯伯里·西尔小姐喜欢羊毛内衣。他又拉开了另一个抽屉，里面是袜子。

贾普问："发现什么了吗，波洛？"

波洛手里拎着一双丝袜，伤心地说：

"十英寸长，廉价丝，价格估计是两块一毛一。"

贾普说："你又不是在给遗物估价，老伙计。这儿有两封印度的来信，慈善机构寄来的一两张收据，没有账单。我们的塞恩斯伯里·西尔小姐人品可贵啊。"

"不过对于服装没什么品位。"波洛难过地说。

"可能她觉得服装只是无用的皮囊吧。"

贾普正在把一封两个月前的来信上面的地址记录下来。

"这些人也许会知道些关于她的事情。"他说，"住址是汉普斯特德那边的，听上去他们似乎很熟。"

他们在格伦戈威尔宫廷酒店再也找不到其他什么线索了，只是发现塞恩斯伯里·西尔小姐离开时既没有太兴奋，也没有太担忧。而且看上去她还准备再回来，因为她在走廊里和她的朋友波莱索太太擦身而过时，还大声说：

"晚饭后我来教你玩我说的那种纸牌。"

此外，在格伦戈威尔宫廷酒店还有个规矩，如果你打算在外面用餐的话，要给餐厅打声招呼。塞恩斯伯里·西尔小姐并没有这么做。所以，很明显她是想要回来吃晚餐的。晚餐时间是七点半到八点半。

但是她没有回来。她出门走上克伦威尔路之后就消失了。

贾普和波洛来到西汉普斯特德，那封信上的地址。

这是一座很漂亮的房子。亚当斯一大家子人都很友善。他们也在印度住过很多年，所以热情地谈起了塞恩斯伯里·西尔小姐。但是他们帮不上什么忙。

他们有段时间没见过她了，有一个多月了。实际上，从复活节度假回来后，他们就没再见过她。她那时还住在拉塞尔广场边上的一家酒店。亚当斯太太把这家酒店的地址给了波洛，还给了他另外一些塞恩斯伯里·西尔小姐朋友的地址。他们都曾经旅居印度，目前住在斯特雷特姆。

然而，两个男人在以上两个地方都一无所获。塞恩斯伯里·西尔小姐确实在那个酒店住过，但是他们都不太记得她了，也没能提供什么有用的信息。只是说她人不错，非常安静，曾经住在国外。住在斯特雷特姆的那几个人也没什么帮助。他们自二月份以来就一直没见过塞恩斯伯里·西尔小姐。

还有一种可能是，她遇到了意外。但是这种可能性也被排除了，因为没有医院收到过符合描述的伤亡人士。塞恩斯伯里·西尔小姐就此人间蒸发。

6

第二天上午，波洛来到霍尔本宫酒店找霍华德·赖克斯先生。

到目前为止，即便是得知霍华德·赖克斯先生也在某天晚上出门后没再回来，他也不会再觉得吃惊。

然而，霍华德·赖克斯先生依然还在霍尔本宫酒店，正在吃早餐。

赫尔克里·波洛突然出现在餐桌边上让霍华德·赖克斯先生很不愉快。虽然不像波洛记忆中的杀人犯的样子，他还是掩饰不住满面怒容，盯着不请自到的客人，很没礼貌地问：

"见鬼！什么事？"

"能坐下吗？"赫尔克里·波洛从另一张餐桌边上拉过一把椅子。

赖克斯先生说："别管我！坐吧，自便！"

波洛微笑着接受了邀请。

赖克斯先生再次粗鲁地问：

"说吧，你想要干什么？"

"您记得我吗，赖克斯先生？"

"从来没见过你。"

"那您就错了。三天前，您和我同坐在一个房间里不止五分钟呢。"

"我记不得在该死的聚会或什么地方遇到的每个人。"

"不是聚会，"波洛说，"是在牙医的候诊室。"

年轻人的眼中迅速闪过一丝情感的波动，随后马上又消失了。他的态度也变了，不再是那种随便和不耐烦，而是突然变得有所提防。他隔着餐桌看着波洛说："好吧！"

波洛没说话，仔细地观察着他。他觉得，这个年轻人完全有可能是个危险人物。一张瘦削的、流露出饥渴的脸，一副挑衅的下颌，还有一双狂热分子的眼睛。这张脸对女人来说或许很有诱惑力。他衣冠不整，衣着寒酸。狼吞虎咽的吃相让人觉得他充满了贪欲。波洛在心里把他总结为"一匹满脑子鬼主意的狼……"

赖克斯突然说："你到底什么意思，就这么跑来找我？"

"您不欢迎我的到访吗？"

"我根本就不知道你是谁。"

"抱歉。"波洛迅速掏出他的名片盒，抽出一张名片，隔着餐桌递了过去。

那种他形容不出的表情又一次出现在赖克斯先生瘦削的脸上。不是害怕——比害怕更有挑衅性。随后，这种表情又变成了毫无疑问的愤怒。

他把名片扔了回去。

"这就是你,对吧?我听说过你。"

"大部分人都听说过我。"赫尔克里·波洛谦虚地说。

"你是个做私家生意的家伙,而且还是很贵的那种,不在乎钱的人才会找的人——当他们为了自身安全不惜代价时!"

"您如果再不喝您的咖啡,"赫尔克里·波洛说,"它就要凉了。"

他的口气很和善,却带着威严。

赖克斯瞪着他。

"呵,你到底算什么鸟?"

"这个国家的咖啡不管怎么着都很难喝。"波洛说。

"这倒是。"赖克斯先生表示同意。

"但是,如果您等它凉了,那就真的是难以入口了。"

年轻人把身体向前靠了靠。

"你想要说什么?你到这儿来到底想干什么?"

波洛耸耸肩说:"我想——见见您。"

"噢,是吗?"赖克斯先生狐疑地说,两眼眯成一条缝。

"如果你是想赚钱,那就找错人了!我身边的人根本买不起他们想要的东西。你最好还是回去找能付给你工钱的人吧。"

波洛叹气道:"没有人给我什么报酬——至少目前没有。"

"随你怎么说。"赖克斯先生说。

"是真的。"赫尔克里·波洛说,"我花费了很多宝贵的时间,但并没得到任何补偿。简单地说,就是满足一下我的好奇心。"

"我想,"赖克斯先生说,"你那天到那该死的牙医那儿去也是为了满足你的好奇心吧。"

波洛摇了摇头,说:"您好像忽视了人们出现在牙医候诊室里的最常见的原因,那就是等着看牙。"

"那么你那天也是吗?"赖克斯先生的语气中带着鄙视和不信任,"也在等着看牙?"

"当然啦。"

"请原谅,我是不会相信你的。"

"那么我可以问下您吗,赖克斯先生?您在那儿做什么呢?"

赖克斯先生突然笑了。他说:"明白你什么意思了!我也在等着看牙啊。"

"你是牙疼吗?"

"正是,伙计。"

"即便这样,您还是没看牙就走了啊?"

"那又怎么样?这是我自己的事儿。"

他停了一会儿,然后用野蛮的语气说:"呃,你在这儿绕来绕去的有什么鬼用?你那天是去关照你的大客户的吧。不过,他不是没事儿吗?你那宝贝的阿利斯泰尔·布伦特先生不是完好无损吗?你根本就不应该来找我。"

波洛说:"您那么急匆匆地出了候诊室后去了哪里?"

"当然是离开了诊所。"

"啊!"波洛看着天花板说,"但是没人看到您离开,赖克斯先生。"

"这有关系吗?"

"也许有,因为不久之后,有人死在了那所房子里,还记得吗?"

赖克斯不经意地说:"呃,你是说那个牙医。"

波洛语气严肃地说:"是的,我说的正是那个牙医?"

赖克斯瞪着两眼,说:

"你想把这事赖到我头上?这是你的把戏吧?没门儿。我刚刚看过昨天庭审的报道,那可怜的人是开枪自杀的,因为他在做局部麻醉时出了差错,把一个病人给治死了。"

波洛没有理睬他的话,继续问:

"您能证明那天您确实是像您所说的那样离开了诊所吗?有人能证明您在十二点和一点之间在哪里吗?"

对方又眯起了双眼。

"所以,你就是想把这事儿赖在我头上?我猜是布伦特让你这么干的吧?"

波洛叹了口气说:

"请原谅,但您似乎是着了魔——一直在念叨阿利斯泰尔·布伦特先生。他没有雇佣我,他从来都没有雇佣过我。我关心的不是他的安全,而是一个工作出色的男人的死因。"

赖克斯摇着头。

"对不起,"他说,"我不相信你,你肯定是布伦特雇的私家侦探。"他身子往餐桌前靠了靠,黑着脸说:"但是你救不了他,知道吗?他肯定得完蛋——他和他代表的一切!必须要有一个新政策,必须废除旧的腐朽的金融制度。该死的银行界的关系网就像张大蜘蛛网一样,笼罩着全世界。必须要把他们彻底清除。我和布伦特个人没有什么过节,但他就是我最恨的那类人。他既中庸又自大,是那种必须用武力才能赶走的人。他会对你说'文明的基石,你动摇不了的',真是这样吗?让他等着瞧吧!他是社会进步的绊脚石,必须铲除。当今社会已经没有布伦特这种人的立足之地了——他这种沉迷于过去,这种还想像他们的老子,甚至是老子的老子那么生活的人!英国有很多这类人——老顽固死硬派,一点儿用处都没有,只能是衰退的旧时代的象征。天哪,他们通通都要滚蛋!新世界就要来了,你明白吗?一个崭新的世界，明白吗？"

波洛叹了口气，站起身来，说："我明白，赖克斯先生，您是个理想主义者。"

"那又怎么样？"

"您太理想主义了，以至于不关心一个牙医的死活。"

赖克斯先生轻蔑地说："一个可悲的牙医的死又有什么关系呢？"

赫尔克里·波洛说："对您来说没什么关系，对我来说却不然。这就是我们俩的区别。"

7

波洛回到家。乔治告诉他有位女士来访，正在等他。

"她……嗯……有点儿紧张，先生。"乔治说。由于这位女士没有通报姓名，波洛就在心里猜测。他猜错了。他一进门，这位年轻的女士就站起身，是已故的莫利先生的秘书，格拉迪丝·内维尔小姐。

"噢，亲爱的波洛先生，我很抱歉冒昧来打扰您。而且我真的不知道我是怎么鼓足勇气才来的。我想您一定觉得我特别冒昧，我也不想占用您的时间，我知道时间对一位像您这样的大忙人意味着什么。但是我实在是太难过了，如果您觉得这样浪费您的时间的话——"

长期与英国人打交道，波洛对他们有了相当的了解。他提议一起喝杯茶。内维尔小姐的反应是意料之中的。

"哦，波洛先生，您真是太好了。虽然早饭才刚吃完不久，但是一杯茶总是好的，您说对吧？"

虽然波洛平时早饭后并不喝茶,但还是假装表示深有同感。于是,他叫乔治去付诸行动。没一会儿,波洛和他的来访者就在茶盘前面对面地坐了下来。

"我必须向您道歉,"内维尔小姐在茶的作用下,恢复了冷静,"但是,昨天的庭审让我特别难过。"

"我想肯定是的。"波洛礼貌地说。

"他们并没有让我出庭做证什么的,但是我觉得应该有人陪莫利小姐去。当然了,赖利先生在——但是我的意思是应该有个女的。而且,莫利小姐不喜欢赖利先生。所以,我想我有责任去。"

"您人真好。"波洛鼓励她说。

"哦,不是的,我只是觉得我该去。您知道,我跟着莫利先生工作已经有好多年了,而且发生的这事儿对我打击特别大。当然这次庭审就更是——"

"我想一定是的。"

内维尔小姐向前倾着身子急切地说:

"但是事情有点儿不对头,波洛先生,真的不太对头。"

"怎么不对了,小姐?"

"嗯,就是不可能是那样的——不可能是他们说的那样——我是说,给病人做牙龈注射时用药过量。"

"您觉得不会?"

"肯定不会。偶尔也会有病人出现副作用,但都是因为他们自身体质的问题——心脏不好。但是,我肯定用药过量真的不太可能。您知道医生对于每次注射的用量太熟悉了,简直就是一个机械性的动作,他们下意识地就会用正确的药量。"

波洛点头表示同意,他说:"我也是这么想的,是的。"

"这很常规,您知道,并不是说牙医每次都要选用不同的药量,或者一不留神就会用多。也不是医生根据需要开不同处方的那种,牙医完全不是这样。"

波洛问:"您没有要求向法庭陈述这些看法吗?"

格拉迪丝·内维尔摇摇头,不安地掰着自己的手指头。

"您知道,"她终于又开口说,"我是害怕——把事情搞得更糟。我当然知道莫利先生不会做出那样的事情来,但是我可能会让人觉得他是故意那么做的。"

波洛点点头。

格拉迪丝·内维尔说:

"这就是为什么我来找您,波洛先生,因为跟您说不会成为官方的记录。但是我就是觉得应该有人知道,这整个结论是多么的没有说服力!"

"没有人在乎这些。"波洛说。

她不解地看着他。

波洛说:"我想问一下那天您收到的那封把您叫走的电报。"

"说实话,我都不知道是怎么回事,波洛先生。那件事确实非常奇怪,您明白吗?发电报的人一定认识我和我姑姑,还有她住在哪里等等。"

"是的,看起来应该是您的一个来往密切的朋友,或者是住在诊所那座房子里的某个非常了解您的人。"

"我没有朋友会做出这种事儿来,波洛先生。"

"您没想过这事儿吗?"

姑娘犹豫了一下,缓慢地说:

"最开始,我刚听说莫利先生自杀的时候想过。我想会不会是他发的电报。"

"您是说,为您着想,把您支开?"

姑娘点点头。

"但是这个想法似乎太离谱了。哪怕说他是想好了那天早上要自杀,这也太奇怪了。弗兰克——我朋友,您知道——开始时也特别荒唐,他说我那天离开是跟别人跑了,好像我会做这种事似的。"

"有'别人'吗?"

"没有,当然没有啦。但是弗兰克最近一直都有点反常,特别烦躁,疑神疑鬼的。真的,您知道,就因为他丢了工作,又找不到新的。一天到晚东晃西晃对一个男人来说没有好处。我特别为他担心。"

"他那天发现你不在诊所特别生气,对吧?"

"是的,您知道,他是来告诉我他找到了一份新工作——特别好的工作,每周十镑。他迫不及待地想要告诉我。我猜他也想让莫利先生知道,因为莫利先生不喜欢他,他很受伤害。他还怀疑莫利先生想劝我离开他。"

"这也是事实,对吗?"

"哦,是的,有一点儿吧!当然了,弗兰克丢掉了一份很好的工作,许多人都认为他的状况不太稳定。但是现在不同了。我觉得一个人可以在很大程度上受另一个人的影响,您说是吗,波洛先生?如果一个男人感觉到一个女人对他有很高的期望,他就会努力成为她理想中的人。"

波洛叹口气,但是他没有争辩。他曾上百次听到女人们说过同样的理论。她们一厢情愿地相信她们的爱具有万能的力量。他带点讽刺地想,也许一千个人中有一个能如愿。但他嘴上却只是说:

"我想见见您这位朋友。"

"我很愿意让您见见他,波洛先生,但是他只有周日才休息。他整个星期都在郊区。"

"啊,在做那份新工作。是干什么的,顺便问一下?"

"呃,我也不是特别清楚,波洛先生。我猜是文秘之类的,或者是在某个政府部门。我只知道我必须把信寄到弗兰克在伦敦的住址,然后由他们转交。"

"这有点儿奇怪啊?"

"嗯,我也觉得,但是弗兰克说现在经常有人这么做。"

波洛看了她一会儿,没说话。过了一会儿,他不紧不慢地说:

"明天就是周日了,对吧?也许我能有幸请你们俩一起共进午餐,在洛根饭店好吗?我想和你们两个聊一下这件令人悲痛的事儿。"

"噢,谢谢您,波洛先生。我——好的,我们非常高兴和您一起用午餐。"

8

弗兰克·卡特是个中等身材、皮肤白净的小伙子。他穿着廉价的衣服,但是打扮却很时尚。他反应很快,口齿伶俐。他的两只眼睛似乎靠得近了点儿,每逢感到尴尬的时候,就会不停地转来转去。他有点多疑,而且还表现出轻微的敌意。

"我没想到我们能荣幸地跟您一起吃午餐,波洛先生。格拉迪丝事先什么都没告诉我。"他不高兴地瞥了她一眼。

"这也是昨天才定下来的。"波洛微笑着说,"内维尔小姐因为莫利先生的死很伤心，我想也许我们可以一起来理理头绪——"

弗兰克粗暴地打断了他。

"莫利的死？我实在不愿意再提起他！格拉迪丝，你怎么就不能把他给忘了呢？我就看不出他有什么好的。"

"噢，弗兰克，我觉得你不能这么说。你想，他还给我留下了一百英镑呢。我昨天晚上才拿到那封信。"

"好吧，"弗兰克不情愿地承认道，"但是，话又说回来，他不该给你吗？他把你使唤得像黑奴一样。而且，谁拿了那些丰厚的门诊费呢？是他，他全拿去了！"

"当然应该是他拿啦，他已经付给了我一份很好的薪水。"

"我可不这么认为！你太容易满足了，格拉迪斯，我的姑娘。你被人利用了，知道吗？我可是把莫利给看透了。你和我一样清楚，他是多么想让你抛弃我。"

"他只是不明白。"

"他明白得很。现在他人已经死了——否则，我告诉你，我会让他知道我是怎么想的。"

"他死的那天上午，你就是想去这么做，对吧？"赫尔克里·波洛轻声问。

弗兰克·卡特气愤地说："谁说的？"

"你确实去了，不是吗？"

"我去了又怎么样？我是去找内维尔小姐的。"

"但是他们告诉你她不在。"

"是的，那让我起了疑心，我告诉你。我对那个红发怪胎说我可以等，我要见莫利先生。他怂恿格拉迪丝甩掉我已经很久了。我想要告诉莫利，我现在已经不再是个无业的可怜虫了，我拿到了一份好工作。格拉迪丝也该辞职准备婚事了。"

"可是你实际上并没有告诉他这些?"

"没有,我在那个阴暗该死的地方等得不耐烦,就走了。"

"你是什么时间离开的?"

"我不记得了。"

"那你是什么时间到的呢?"

"我不知道,十二点过一点儿吧,我想。"

"你在那儿待了半个小时,或者多点儿,或者不到半个小时?"

"我不知道。我不是那种时时看表的人。"

"你在候诊室的时候,那儿还有别人吗?"

"我进去的时候,有一个油头滑脑的肥佬,但是他没多久就走了。之后就我一个人。"

"那么,你一定是在十二点半以前就离开了,因为那时有位女士到了。"

"我想是吧。那个地方让人不舒服,你知道。"

波洛若有所思地看了他一眼。

他刚才这一通咆哮有点儿不太自然——说的话也不完全属实。不过,也有可能只是因为紧张而已。

波洛的表情自如且友善地说:

"内维尔小姐告诉我你很幸运,找到了一份特别好的工作。"

"报酬不错。"

"一周十英镑,她告诉我。"

"没错。这说明我要是真的想干什么还是可以干成的。"他有些飘飘然。

"是的,确实是。那份工作也不算太辛苦吧?"

弗兰克·卡特简单地回答:"还可以。"

"有趣吗？"

"呃，是的，很有趣。说起工作，我一直都想知道你们私人侦探是怎样办案的。我想并不真的是像歇洛克·福尔摩斯那样吧？现在应该多数都是些离婚案吧？"

"我本人不受理离婚案。"

"是吗？那我就看不出你靠什么吃饭了。"

"我应付得了，我的朋友，我应付得了。"

"但您是这一行中最棒的，对吧，波洛先生？"格拉迪丝插进来说，"莫利先生曾经说过。我是说，就连皇室、内务部，或者公爵夫人什么的都会找您。"

波洛对她微笑着说："您过奖了。"

9

波洛走在回家的路上。街上空无一人，而他则是思绪万千。

到家后，他就打电话给贾普。

"抱歉打扰你，我的朋友。你们有没有查过那封给格拉迪丝·内维尔的电报？"

"还在为这事儿纠结呢？是的，我们确实查过了。是有一封电报，而且发报人很聪明，她姑姑住在萨摩塞特郡的雷奇波恩，而电报是从雷奇巴恩发出的，你知道吗，就是伦敦郊区。"

波洛赞赏地说：

"是挺聪明的，确实是。收件人收到电报后，乍一看就会以为是雷奇波恩。"

他停顿了一下，说：

"你知道我怎么想吗，贾普？"

"怎么想?"

"这里面有阴谋。"

"如果赫尔克里·波洛想让它是一桩谋杀案,它就一定会是一桩谋杀案。"

"你怎么解释那封电报?"

"巧合,有人在捉弄那姑娘。"

"为什么?"

"噢,天哪,波洛,人们为什么要这么做?开个玩笑罢了。捉弄她一下,恶作剧。无非就是这么着呗。"

"有人刚好在莫利要打针出错的那天开个玩笑。"

"这里面可能有一定的因果关系。因为内维尔小姐不在,莫利就比平时更忙,所以更容易出错。"

"我还是觉得不满意。"

"我看得出,但是你知道你自己是在往哪个方向想吗?如果真的有人想要把内维尔小姐支开,那很可能是莫利。这样他杀害安伯里奥兹就是故意杀人,而不是事故了。"

波洛没有回应。

贾普又说:"明白了吗?"

波洛说:"安伯里奥兹可能另有死因。"

"不会的,没人去萨伏依酒店找过他。他又是在自己房间里用的午餐。法医说那些致命的东西绝对是注射进去,而不是从嘴里吃进去的——因为不在胃里。所以你看,案情非常明朗。"

"这是我们按照常理的想法。"

"不管怎么说,头儿挺满意。"

"他对那失踪的女士也很满意吗?"

"是西尔失踪的事儿吗?不,我可以告诉你,我们还在继续调查。这个女人一定还在什么地方。人不可能一出门就失踪啊。"

"看上去她就是这样。"

"暂时是，但她一定是在什么地方，不管是死是活。不过，我觉得她没有死。"

"为什么？"

"如果死了，我们现在应该已经找到她的尸体了。"

"哦，贾普，尸体总会这么快就出现吗？"

"我猜你是在暗示她已经被杀了。我们会在某个采石场发现她已经被分尸，像鲁克斯顿太太① 那样？"

"不管怎么说，我的朋友，你还有失踪人口没有找到。"

"很少见，老伙计。好多女人失踪之后，通常我们都会找到她们。十有八九都是跟老相好有关，她们都会在某个地方和一个男人在一起。但是我不觉得我们的梅布尔是这种情况。你觉得呢？"

"很难说，"波洛谨慎地说，"不过我觉得不太像。那么你肯定能找到她了？"

"我们一定会找到她。我们在报纸上登了她的特征描述，还在英国广播公司播了寻人启事。"

"啊，"波洛说，"我猜应该能有些进展吧。"

"别担心，老伙计，我们会为你找到失踪的美人儿——羊毛内衣及其他。"

他挂了电话。

乔治走进屋里，像往常一样悄无声息。他把热巧克力和甜饼干放在一个小桌子上。

---

① Mrs.Ruxton 分尸案发生于一九三五年的苏格兰南部。尸体被分成多块，部分被抛入河中，后查明凶手是死者丈夫。

"您还需要别的什么吗,先生?"

"我现在很困惑,乔治。"

"是吗,先生?我很抱歉听您这么说。"赫尔克里·波洛给自己倒了些热巧克力,一边在杯子里搅拌着,一边陷入沉思。

乔治意识到主人的需要,他恭敬地站着,等在那儿。有时候,赫尔克里·波洛会跟男仆讨论案子。他总是说乔治的看法对他很有帮助。

"乔治,你一定听说我的牙医死了吧?"

"是莫利先生吧?是的,先生,太令人难过了,先生。他开枪自杀了,这我知道。"

"大家是这么认为的。如果他不是自杀,那么就是被谋杀的。"

"是的,先生。"

"问题是,如果他是被谋杀的,谁杀了他呢?"

"是的,先生。"

"只有为数不多的几个人,乔治,有可能谋杀他。他们在案件发生时要么是在那栋房子里,要么就是有可能进去。"

"是的,先生。"

"这些人有:一个厨子和一个女佣,他们都是可信的用人,不可能做这种事。一个是照顾他的姐姐,也没有可能。但是,她事实上继承了她弟弟的遗产,我们不能完全忽视经济利益。一个是利索能干的合伙人,没有发现他有什么动机。一个是傻乎乎的读廉价犯罪小说上瘾的小门童。最后还有一位背景不太清楚的希腊先生。"

乔治咳了一声:"这些外国人,先生——"

"没错儿,我完全同意。这位希腊先生应该特别引起注意。

"但是你知道，乔治，这位希腊先生也死了，而且非常明显，是莫利先生杀了他。也许是故意行凶，也许是不幸出错的结果。这个我们还不能确定。"

"也许是，先生，他们互相杀了彼此。我是说，先生，这两位先生都想好了要干掉对方。当然，尽管他们都不知道对方的意图。"

赫尔克里·波洛表示赞同。

"太精辟了，乔治。牙医杀了那位坐在手术椅上的不幸的先生，同时并不知道这个受害者此时正在琢磨什么时候拔出手枪。当然，这是一种假设。但是，在我看来，乔治，这实在是不太可能。再者，我们的名单还没有说完，在事发期间还有另外两个人有可能在那所房子里。在安伯里奥兹前面就诊的病人都有人看到他们离开，除了一位美国先生。他十一点四十分走出候诊室，但是没有人真正看到他从那所房子里出来。我们必须把他也视为一种可能性。另一个是弗兰克·卡特先生（不是病人），他是十二点过一点儿到的，想要见莫利先生。也没有人看到他离开。这些，我的好乔治，就是所有的事实，你怎么想？"

"谋杀是在什么时间发生的，先生？"

"如果是安伯里奥兹先生干的，就是在十二点零五分到二十分之间的任何时间；如果是其他人干的，就是在十二点二十五分以后。否则，安伯里奥兹先生会看到尸体。"

他用鼓励的眼神看着乔治。

"现在，我的好乔治，你对这件事有什么看法？"

乔治思考了一会儿，说："我突然想到，先生——"

"什么，乔治？"

"您将来需要再找一个牙医看牙，先生。"

赫尔克里·波洛说：

"你大有长进啊，乔治。我还从没有想到这一点呢！"

乔治很满足地走了出去。

赫尔克里·波洛继续喝着他的热巧克力，把刚才列出的事实又过了一遍。他对自己的思路感到满意，黑手就在他所列的这几个人中——先不管他的这些想法到底是受到了谁的启发。

接着，他挑动了下眉毛。他发现这个名单并不全，他漏掉了一个人。不能漏掉任何人——即便是最没有可能的人。案发时房子里还有另外一个人。

他在纸上写下：

巴恩斯先生。

10

乔治通报说："有位女士打电话找您，先生。"

一周前，波洛猜错了一位来访者，但这次他猜对了。

他立刻就听出了她的声音。"赫尔克里·波洛先生吗？"

"请讲。"

"我是简·奥利维娅——阿利斯泰尔·布伦特的孙外甥女。"

"是的，奥利维娅小姐。"

"请问您能到哥特楼来一趟吗？我有点儿事想告诉您。"

"当然可以，什么时间合适？"

"请您六点三十分来吧。"

"我会到的。"

有那么一瞬间，来电者独断专横的语气变得有些犹豫不决：

"我……我希望没有打扰到您的工作吧?"

"一点儿都没有。我正在等着您来电话呢。"

他迅速放下电话听筒,从电话机旁走开,脸上带着微笑。他心想,不知简·奥利维娅会用什么借口召他过去。

刚到哥特楼,他就被径直领进了朝河的大书房。阿利斯泰尔·布伦特先生坐在一张书桌前,心不在焉地摆弄着一把裁纸刀,脸上带着一丝因为家里女人太多而特有的烦躁。

简·奥利维娅站在壁炉边上。波洛进门时,一个身材臃肿的中年女人正在唠叨着:"我真的认为在这件事上应该考虑一下我的感受,阿利斯泰尔。"

"是的,朱莉娅。当然了,当然了。"

阿利斯泰尔安慰她说,一边站起身来迎接波洛。

"如果你们要谈什么可怕的事情,我就不待在这儿了。"那个女人又说。

"我正要谈,妈妈。"简·奥利维娅说。

奥利维娅夫人快步离开房间,看都没看波洛一眼。

阿利斯泰尔·布伦特说:

"您能来真是太好了,波洛先生。您已经见过奥利维娅小姐了,是吗?是她把您给叫来的——"

简紧接着说:

"是想问一下报纸上到处都在登的那个失踪女人的情况,叫什么西尔小姐。"

"塞恩斯伯里·西尔,对吧?"

简转向波洛。

"这名字好拗口,所以我一下就记住了。我来告诉他,还是您来,阿利斯泰尔姨公?"

"亲爱的,还是你来讲吧。"

简又一次转向波洛。

"有件事也许不重要,但是我想您应该知道。"

"什么事?"

"就是上次阿利斯泰尔姨公去看牙医时——我说的不是那天——是大约三个月以前的事儿。我和他一起坐劳斯莱斯出门,车先把他送到夏洛特皇后街,然后再送我到雷津公园去见几个朋友,之后再回来接他。我们在五十八号停下,姨公下了车。就在这时,一个女的从五十八号出来——是个中年女人,头发弄得很夸张,衣着也很艺术。她径直朝姨公走去,说(简·奥利维娅吊起嗓子尖声说):'噢,布伦特先生,您肯定不认识我了吧!'哦,当然,我从姨公脸上的表情就能看出来他根本就不记得她——"

阿利斯泰尔叹了口气。

"我确实想不起。总有人对我说——"

"他又摆出了那副面孔。"简接着说,"那种表情,貌似彬彬有礼,却明显是装的,就连小孩子都能看出来。他特别不确定地说'哦……啊……当然。'那可怜的女人继续说'我是您太太的一个好朋友!'"

"他们通常都会这么说。"阿利斯泰尔·布伦特的声音变得更加沮丧。

他苦笑着说:

"每次到最后都是同样的结局!给这里或那里捐点儿钱。那一次是给印度妇女基督教慈善组织① 捐了五英镑,也不算太多!"

"她确实认识您太太吗?"

"呃,她是那个基督教慈善组织的,所以也许会认识她。如果她们真的认识的话,我觉得可能是在印度的时候。我们大约十年前在印度住过。但是,当然,她肯定不是我太太的好朋友,不然我一定会知道。她们有可能在某个活动上碰到过一次。"

简·奥利维娅说:

"我不信她与丽贝卡姨婆见过面,我觉得她根本就是找借口和您搭讪。"

阿利斯泰尔·布伦特大度地说:

"她也只不过是想要我捐点儿钱而已。"

"那完全有可能,"简说,"不过,我觉得她那样冒充您的熟人确实有点儿奇怪,姨公。"

阿利斯泰尔·布伦特还是同样大度地说:

"她就是想要我捐款。"

波洛问:"她事后也没有再找过您?"

布伦特摇摇头。

"我再也没想起过她,我甚至已经忘了她的名字,直到简在报纸上看到。"

简有点儿犹豫地说:"呃,我就是觉得波洛先生应该知道这事儿!"

波洛礼貌地说:"谢谢您,小姐。"他又说:"我不再打扰您了,布伦特先生。您可是个大忙人。"

---

① Zenana Missions,十九世纪中期出现在印度。传教者走入印度家庭,目的是说服印度妇女改信基督教。后来它的宗旨从原来单一的宗教传播扩充到为印度妇女提供医疗和教育服务,由此建立的一些医院和学校至今仍然存在。

简马上接着说:"我送您下去。"

赫尔克里·波洛的小胡子下面浮现出一丝窃笑。到了楼下,简突然停下来,对波洛说:"到这边来。"

他们走进一个大厅边上的小房间。她转身面对着他,问:"您之前在电话里说您正等着我的电话是什么意思?"

波洛微笑着,伸出两只手说:

"就是这个意思啊,小姐。我正在等您的电话,然后您就打过来了。"

"您是说您知道我会给您打电话,说这个塞恩斯伯里·西尔的事儿?"

波洛摇摇头,说:"那只是个借口。如果需要,您可能还会找到其他什么话题。"

她说:"我也是见鬼了,为什么要给您打电话?"

"为什么您要把关于塞恩斯伯里·西尔小姐这些珍贵的信息告诉我,而不是苏格兰场?因为人们通常会很自然地那么做。"

"好吧,无所不知先生,您到底知道多少?"

"我知道那天当您听到我去过霍尔本宫酒店之后,您就对我感兴趣了。"

她面色一下变得惨白,把波洛吓了一跳。他想不到她那被太阳晒出的古铜色能一下子就变绿。

他不动声色地继续说:

"您今天把我叫过来是想诱使我——是这么说的,对吧?——对,诱使我谈谈霍华德·赖克斯先生。"

简·奥利维娅说:

"他是谁?我一点儿都不知道。"

她装得太不像了。

波洛说：

"您不需要诱使我，小姐，我会告诉您我知道的，或者我猜到的东西。我们第一次来这儿的那天，贾普探长和我，您见到我们时特别吃惊，这引起了我的注意。您以为您的姨公出事儿了，为什么？"

"呃，他是那种容易出事儿的人啊。有一天，他收到了一个包裹，里面是炸弹——就在赫约斯洛伐克贷款之后。他还收到过好多恐吓信。"

波洛说：

"贾普探长告诉您有个牙医，莫利先生，被枪杀了。您还记得您当时的回答吗？您说'可是，这太荒唐了啊！'"

简咬着嘴唇，说：

"我是这么说的吗？那我真是太奇怪了，对吧？"

"那是个充满好奇的感叹，小姐。它说明您知道莫利先生的存在，您似乎期待着发生点儿什么——并不是发生在他身上，但有可能发生在他的那所房子里。"

"您还真喜欢编故事，是吧？"

波洛没有理会她。

"您期待着，或者说您害怕莫利先生的房子里会发生什么事情。您担心这件事会发生在您的姨公身上。如果是这样，您一定知道些我们并不知道的东西。我把那天去过莫利先生那儿的人捋了一遍，立即想到了其中一个可能和您有关联的人——他就是那位年轻的美国人，霍华德·赖克斯先生。"

"就像连载故事那样？下一个惊险篇该是什么了？"

"我去见了霍华德·赖克斯先生。他是个既危险又有魅力的年轻人——"

波洛故意停住了口。

简陷人沉思般地说:"他的确是,对吧?"接着又微笑着说:"好吧!您赢了!我快被吓死了。"

她向前探了探身子。

"我要告诉您一些事情,波洛先生。您是那种别人骗不了的人,与其让您这样四处窥探猜测,还不如告诉您算了。我爱那个男人,霍华德·赖克斯,我都为他着迷了。我妈妈把我带到这里来就是要把我从他身边拉走。一半是为这个,一半是想让阿利斯泰尔姨公能喜欢我,等他死后把他的钱留给我。"

她接着说:

"我妈妈是他太太的外甥女。妈妈的妈妈是丽贝卡·阿诺德的姐姐。他是我的姨公。因为他自己没有什么近亲,所以妈妈觉得我们有理由成为他的遗产继承人。她自己也总是随意向他讨东西。

"瞧,我对您很坦白,波洛先生。我们就是这样的人。其实我们自己也有很多钱——在霍华德看来已经到了可鄙的数量——但是我们还不属于阿利斯泰尔姨公的阶层。"

她停顿了一下,一只手突然猛拍了一下椅子扶手。

"我怎么才能让您明白?我从小到大所相信的一切,都是霍华德所憎恨的,想要废除的。有时,您知道,我觉得他确实想这么干。我很爱阿利斯泰尔姨公,但是他有时也很让我心烦。他的做派特别老套——典型英国人的那种——特别小心翼翼,而且保守。我有时也觉得他和他代表的那个势力应该被赶走,因为他们正在阻碍发展,如果没有他们,我们能做得更好!"

"您已经接受赖克斯先生的想法了?"

"是又不是。霍华德,比他的那些同伴们更狂野。有些人,您知道，他们也同意霍华德的观点。他们愿意做出尝试，如果阿利斯泰尔姨公和他的同僚们同意这么做的话。可他们永远都不会同意！他们只是消极地坐在那里，摇着头说'我们千万不能冒这个险'，还有'这样做对经济很不利'，还有'我们必须考虑到我们的责任'，还有'看看过去的历史'。但是我认为人不能老是看历史，这是往后看，人必须得朝前看啊。"

波洛轻轻地说："这是个很诱人的观点。"

简鄙视地看着他："您也这么说！"

"也许是因为我也老了吧。老人们有的是旧梦——您看，只有旧梦啦。"

他停顿了一下，然后语气严肃地问：

"为什么霍华德·赖克斯先生会在夏洛特皇后街预约看牙呢？"

"因为我想让他见见阿利斯泰尔姨公，而且我想不到其他的方法。他一直在说阿利斯泰尔姨公的坏话——充满……充满仇恨的那种。所以我觉得如果他能见到姨公，看到他是个多么和善的人，或许会有所改变……我不能安排他来这里见面，因为我妈妈……她肯定会把事情搞砸的。"

波洛说："但是做了预约后，您又有点儿害怕了。"

她的眼睛睁得又大又圆，说：

"是啊，因为……因为有时霍华德会做些出格的事儿。他……他——"

赫尔克里·波洛说："他想走捷径，铲除——"

简·奥利维娅喊道："别说了！"

七，八，理顺它 ———

1

时光流逝。莫利先生已经死了一个多月,还是没有任何塞恩斯伯里·西尔小姐的消息。

贾普对于这件事变得越来越烦躁:"真见鬼,波洛,这个女人一定在什么地方。"

"毫无疑问,亲爱的贾普。"

"她要么死了,要么还活着。如果是死了,那么她的尸体在哪儿?假如说,她自杀了——"

"又一个自杀?"

"我们先不说这个。你还是认为莫利是被杀的,我说他是自杀。"

"你们查到那把手枪的来历了吗?"

"没有,那把枪是外国造的。"

"这就很能说明问题,对吧?"

"不是你说的那种。莫利去过国外,他坐过邮轮,和他姐姐一起。不列颠岛的人都喜欢坐邮轮。他有可能从国外带回一把枪。他们都喜欢把生活想象得很危险。"

他停了一下,又接着说:

"别打岔,我刚才说的是假如——我只是说假如啊——那个可恶的女人自杀了,比如她投河自尽了,那么尸体现在应该已经漂上岸了。假如她是被杀的,也是同样的情况。"

"除非有人在她的尸体上绑了重物,然后扔进泰晤士河。"

"我猜你还想说从伦敦东区的某个地窖里弄出来吧!你听上去像个惊险小说女作家。"

"我知道,我知道,一说起这个我就会脸红!"

"而且她是被一帮国际坏分子给干掉的,对吗?"

波洛叹了口气,说:

"最近还真有人告诉我存在这种事儿。"

"谁告诉你的?"

"伊灵城堡园路的雷金纳德·巴恩斯先生。"

"哦,他有可能知道。"贾普将信将疑地说,"他在内政部的时候跟那些外侨打交道。"

"那么你不同意这种看法吗?"

"这种事不归我管——不过是的,确实有这种事情发生,但是并没有普遍性。"

他们沉默了一阵,波洛用手抚弄着他的小胡子。

贾普说:

"我们拿到了一两个新的线索。她从印度回来时,和安伯里奥兹乘的是同一艘船,但她坐的二等舱,而他是一等。所以,我不觉得这里面会有什么问题。不过萨伏依酒店的一个侍者说她在他死的前一周和他一起在那里吃过一次午餐。"

"那么,他们两个之间可能会有联系?"

"也许是,但我觉得不太可能。我想一个热心宗教慈善的女士不会掺和到什么反常生意中。"

"安伯里奥兹掺和进了什么你所说的'反常生意'吗?"

"是的,他与一些中欧人联系密切,搞间谍活动。"

"你确定吗?"

"是的,哦,他不做那些脏活儿,我们逮不到他。他只是做些组织、接收报告之类的事。"

贾普稍稍停顿，又接着说：

"但是这跟塞恩斯伯里·西尔的事没有任何关系啊，她又不会做这种非法勾当。"

"她曾住在印度，记得吧，去年那里可是十分动荡。"

"安伯里奥兹和优秀的塞恩斯伯里·西尔小姐，我怎么都觉得他们不像是同伙。"

"你知道塞恩斯伯里·西尔小姐是已故阿利斯泰尔·布伦特夫人的密友吗？"

"谁说的？我不信。她们俩不是一个阶层的人。"

"她自己说的。"

"她跟谁说的？"

"阿利斯泰尔·布伦特先生。"

"噢！是这样啊。他对这种人一定司空见惯了吧。你觉得会不会是安伯里奥兹在利用她？这么做没用，布伦特只会给她一点儿捐款把她给打发了，不会请她去过个周末什么的。他没有那么天真。"

波洛表示同意。过了一两分钟，贾普又继续他对塞恩斯伯里·西尔的总结："我猜她的尸体可能被某个变态的科学家泡入了硫酸池中——这是故事书里人们所酷爱的另一种结论。但是，我告诉你，这些都是胡编滥造。如果那个女人死了，她的尸体一定已经被悄悄地埋在了什么地方。"

"但是，在哪里呢？"

"说的就是啊，她在伦敦消失了，这里没人有花园——适合的花园，比如一个偏僻的养鸡场什么的。我们倒是要找这样的地方！"

花园！波洛的思绪迅速闪回到伊灵的那个修剪得整齐漂亮的花园。如果那里埋着一具女尸该是多么荒诞啊！他默默提醒自己别胡思乱想。

"如果她没有死，"贾普继续说，"那么现在在哪里呢？已经一个多月了，她的特征描述已经通过报纸发布到了全英格兰——"

"没有人看到过她吗？"

"哦，不，确切地讲大家都看到她了！你想象不到有多少像她那样容颜已褪，身着橄榄绿毛衣套装的中年妇女。有人在约克郡的荒野上看到她；有人在利物浦的酒店里看到过她；还有人在德文郡的酒店和拉姆斯盖特的海边看到过她！我的人花了很长时间耐心地调查这些报告——这些信息带给我们的是一堆和她长相类似的中年女士。除此之外一无所获。"

波洛同情地咋了咋舌头。

"然而，"贾普接着说，"她确实是个活生生的人啊。我是说，有时候你会遇到一个，我们所说的虚幻人——一个人来到一个地方，佯称自己是斯宾克斯小姐，而其实根本就没有这么一位斯宾克斯小姐。但是这个女人是真实的，她有历史，有背景！我们了解她童年之后的所有经历！她一直过着极其正常和理智的生活，突然，一眨眼，她就消失了！"

"一定有什么原因。"波洛说。

"她又没有开枪打死莫利，如果你是在想这个。她走后，安伯里奥兹还见到过她。我们还查过她那天上午离开夏洛特皇后街的行踪。"

波洛不耐烦地说：

"我从来没想过是她杀了莫利。她当然没有。但不管怎么说——"

贾普说:"如果你对莫利的推测是对的,那么很有可能他告诉了她些什么。虽然她没有怀疑,却让杀害他的凶手起了歹意。如果是这样,她有可能是被人蓄意除掉的。"

波洛说:

"这些都需要一个组织才能做到,这就比夏洛特皇后街死了一个无名牙医要严重多了。"

"你不要完全相信雷金纳德·巴恩斯对你说的!他是个奇怪的老家伙,满脑子都是间谍和共党分子。"

贾普站起身来。

波洛说:"有消息及时通知我。"

贾普走后,波洛坐在桌子边上眉头紧锁。他非常清楚地感觉到自己在等待着什么事情发生。什么呢?他记起来他曾经是怎么坐在这儿,随笔写下了各种毫无关联的事和一串名字。

窗外,一只鸟嘴里衔着一根树枝从他眼前飞过。

他自己,也在搜集一根根的树枝。五,六,衔树枝……

他有树枝了——目前已经有了不少。它们都在那儿,整整齐齐地摆在他有条理的脑袋里,但他还不打算把它们进行排序。这是下一步的工作——把它们排列好。是什么让他踌躇不前呢?他知道答案,不过他还在等着某件事,一件不可避免的、注定要发生的事。它又是这链条上的一个节点。等它出现了,他就可以继续下去……

2

一周后的一个夜晚,他的召唤来了。贾普在电话里很莽撞地说:

"嘿,波洛?我们找到她了。你最好过来一趟。贝特西公园,利奥波德国王公寓四十五号。"

一刻钟后,一辆出租车把波洛带到了利奥波德国王公寓门外。

这是一幢很大的公寓楼,俯瞰贝特西公园。四十五号在二楼。

贾普面色严峻,亲自为他开了门。

"进来吧,"他说,"让人不太舒服啊,但是我觉得你应该想亲眼看看。"

波洛问——但其实并不是在问:

"死了?"

"可以说是死得不能再透了!"

波洛听到从右边门里传来一个熟悉的声音,他歪过头去看。

"是那个门童,"贾普说,"正在洗碗池那儿吐呢!我必须把他找来辨认。"

他朝走廊里头走去,波洛跟在后面。他的鼻子皱了皱。

"不好闻啊。"贾普说,"但是你还能指望什么?她已经死了一个多月了。"

他们走进了一间小小的堆放杂物和箱子的储物间。屋子中间是一个大铁皮箱,通常用来装皮草的那种。箱子的盖子敞开着。

波洛向前走了几步,朝箱子里面望去。

他先看到那只脚,穿着那只带有装饰扣的邋遢鞋子。他记起这就是塞恩斯伯里·西尔小姐给他留下的第一印象——一个鞋扣。

他的眼神慢慢往上移动，经过那件绿色的羊毛外衣和裙子，停在了头部。

他发出了一声含混不清的惊叫。

"我明白，"贾普说，"非常可怕。"

那张脸被打得稀巴烂，完全看不出原来的形状。两个男人转过身时，脸色无疑都变成了豆绿色。

"噢，好吧，"贾普说，"这就是日常工作——我们的日常工作。当然了，我们的工作有时真糟糕。我看到那边房间里有瓶白兰地，你最好去喝点儿。"

客厅装饰得很有品位，很时尚，不少地方配有金属饰品。几把宽大舒适的椅子看上去方方正正，用软垫子包着。垫子的面料上是浅褐色的几何图案。

波洛看到了那瓶酒，给自己倒了些。喝完后，他说：

"确实让人不舒服！现在，我的朋友，跟我说说情况吧。"

贾普说：

"这套公寓属于一个叫阿尔伯特·查普曼的夫人。查普曼夫人，据我了解，是一位穿着时尚的金发女郎，四十多岁，按时付账单，喜欢时不时和她的邻居们打打桥牌，但是多少有点儿孤僻。没有孩子。查普曼先生是一个旅行商人。塞恩斯伯里·西尔在我们和她谈完话的那天晚上来到这儿，大概是七点十五分的时候。所以她有可能是从格伦戈威尔宫廷酒店直接到这儿来的。她之前曾经来过这里一次，门童这么说。你看，一切都很清楚——来拜访一个朋友。门童带塞恩斯伯里·西尔小姐乘电梯来到这个单元门口，他最后看到她时，她正站在门口的垫子上按门铃。"

波洛说:"他记起这些事可花了不少时间!"

"他之前好像犯了胃病,住院了。另一个人来暂时顶替他。直到大概一周前,他偶然在一张旧报纸的'寻人启事'中看到了她的特征描述。他对妻子说'看上去非常像来找二楼查普曼夫人的那个老女人。她就是穿着一件绿色羊毛外套,鞋子上带着鞋扣。'差不多一个小时以后,他又记起来,'好像她的名字也有点儿像,哎呀,就是——什么什么西尔小姐!'"

"然后,"贾普继续说道,"出于正常的顾虑,他花了四天时间考虑要不要联系警局,最后才提供了他知道的信息。我们开始还以为不会有什么结果。你不知道我们已经收到过多少虚假情报。于是,我让贝多斯警官先过来看看——他是个聪明的年轻人,不过受的高等教育似乎太多了点儿,但他也是不得已。现在时兴这个。然后,贝多斯马上就发现我们终于找到了线索。首先,这个查普曼夫人事发前有一个多月都没住在这儿。她没留地址就离开了。这就有点奇怪了。事实上,他了解到的关于查普曼先生和太太的所有情况也都很奇怪。他还了解到门童没看到塞恩斯伯里·西尔小姐离开。这件事本身不奇怪,她也可能是从楼梯下来,所以他没看到她出去。但是门童又告诉他查普曼夫人也是突然离开的。他们俩只是第二天在她门上发现了一张很大的用印刷体写的字条儿:'告诉娜丽别买牛奶了,我有事出门了。'

"娜丽是每天来她家做事的女佣。查普曼夫人过去也有过一两次突然离开的情况,所以那个女孩儿没觉得有多奇怪。但奇怪的是,她都没有叫门童上来帮她把行李拿下去,或者帮她叫出租车。

"总之,贝多斯决定进屋看看。他申请了搜查证,从经理那儿拿来了通用钥匙。他没发现有什么异样,只是浴室里好像被匆忙地清洁过，地毯上有血迹——是在地毯的角落处，冲洗地面的时候漏掉的。这之后，就是寻找尸体的问题了。查普曼夫人离开时不可能带任何行李，否则门童就会看到。所以尸体一定还在这套公寓里面。我们不久就看到了那个皮草箱——箱子很严实，你知道，就放在那个位置，钥匙在梳妆台的抽屉里。我们打开箱子，发现失踪的女士就在里面！简直是现代版的恐怖故事。"

波洛问："查普曼夫人那边呢？"

"你想问她哪方面？西尔维亚是谁？（顺便说下，她的名字叫西尔维亚。）她是干什么的？有一件事非常肯定。那就是西尔维亚，或者西尔维亚的朋友，谋杀了那位女士并且把她放进了箱子里。"

波洛点点头。他问："但是为什么把她的脸给毁了？这可有点残忍啊。"

"我也觉得残忍！至于为什么——那，只能靠猜了。也许纯粹是为了报复，或者有可能是为了掩盖那个女人的真实身份。"

"但是并没能掩盖她的身份哪。"

"没能，因为我们不仅很清楚梅布尔·塞恩斯伯里·西尔走失那天穿了什么衣服，就连她的手提包也被塞进了箱子里。包里其实还有一封以前的信，是发往她住过的拉塞尔广场那边的一家酒店的。"

波洛坐直了身子，说："但是这个不合常理啊！"

"确实不合常理，我想是个骗局。"

"是啊……也许……是个骗局。但是——"

他站起身。

"这里你看完了吧？"

"看完了，没什么有用的东西。"

"我想看看查普曼夫人的卧室。"

"尽管去吧。"

卧室里看不到任何匆忙离开的痕迹,所有东西都摆放得井然有序。床是铺好了还没睡过的样子。房间里到处都是厚厚的一层尘土。

贾普说:

"没有指纹,到目前为止还没有发现。有一些厨具,但我猜上面只会有女佣的指纹。"

"这说明谋杀发生后,这个地方被精心打扫过了。"

"是的。"

波洛的目光把整个屋子扫了一遍。这个卧室像客厅一样,布置得很现代;而且,他在想,布置这房子的人还很有钱。这里摆的物件都比较昂贵,但又不是超级贵,看上去很不错但又不是顶级货。房子的主题色是玫瑰粉。他打开那个嵌入式衣柜看了看,还扒拉了几下里面的衣服——挺体面的衣服,但同样不是最好的质地。他的目光落在了那些鞋子上——它们大多是当下流行的各种款式的凉鞋。有的是那种夸张的软木底。他拿起一只在手上比了比,发现查普曼夫人穿五号鞋,然后把鞋子放了回去。在另一个衣柜里,他看到有一摞皮草,堆成一堆。

贾普说:"是从皮草箱子里拿出来的。"

波洛点点头。他在摆弄着一件灰色松鼠皮衣,赞赏地说:"上等皮草。"

波洛走进卫生间,那里摆放着很多化妆品。他饶有兴趣地看着它们:定妆粉、腮红、遮盖霜、护肤品、两瓶染发剂。

贾普说:"依我看,她不是那种天然的金发。"

波洛低声说:

"大部分女人一到四十岁,我的朋友,就开始有白发了。但是查普曼夫人是个不愿顺从自然的人。"

"她现在也许已经改染成了棕红色。"

"有可能。"

贾普说:"你好像发现了什么,波洛,哪里不对劲儿?"

波洛说:"呃,是的,我觉得不太对劲儿。非常不对劲儿。你来看,这儿,解释不通啊。"

他果断地走回到储物间,抓住女人尸体上穿着的一只鞋子,费了不少劲才把它脱下来。他仔细观察上面的鞋扣——是用手工蹩脚地缝上去的。

赫尔克里·波洛叹了口气,说:

"这就是我要找的东西!"

贾普不解地问:

"你在干什么?把事情复杂化吗?"

"正是。"

贾普说:"一只皮鞋,带着鞋扣,有什么不对啊?"

赫尔克里·波洛说:

"没什么不对,完全没有,但我还是弄不明白啊。"

3

门童说,住在利奥波德国王公寓八十二号的默顿太太是查普曼夫人在这个公寓里最要好的朋友。

所以,接下来,贾普和波洛就来到八十二号。

默顿太太一讲起话来就喋喋不休。她的眼睛是黑色的,闪着光,头发精心梳理过。让她打开话匣子非常容易,她是那种一遇事就激动的人。

"西尔维娅·查普曼——哦,当然了,我不是特别了解她。应该说,不是特别亲近的朋友。我们偶尔会在晚上一起打打桥牌。有时去看看电影,当然也一起出去购物。但是,呃,请告诉我,她没有死吧?"

贾普告诉她没有。

"噢,那我真是太高兴了!但是刚才邮递员特别激动,说是楼里发现了一具尸体。不过人不能听风就是雨,对吧?我从来都不那样。"

贾普又问了她一个问题。

"没有,我一直没有听到任何关于查普曼夫人的消息。那天我们还说好要在接下来的一个礼拜去看琴吉·罗吉斯和弗雷德·阿斯泰的新电影。她那天只字没提她要离开的事儿。"

默顿太太从来都没听说过塞恩斯伯里·西尔小姐,查普曼夫人从来都没有提过这个名字。

"不过,您知道,我觉得这个名字有点熟悉,隐约感觉有点熟悉,我好像最近在哪里看到过。"

贾普干巴巴地说:"最近几周各个报纸都在登——"

"对了,有个什么人失踪了,是吧?那么您认为查普曼夫人可能会认识她?不会的,我肯定我从来都没有听西尔维娅提过这个名字。"

"您能告诉我一些关于查普曼先生的情况吗,默顿太太?"

她脸上浮现出一种很奇怪的表情,说:

"我想他是个旅行商人。查普曼夫人是这么告诉我的。他经常到国外出差,好像是替一家做军火生意的公司做事,整个欧洲都跑遍了。"

"您见过他吗?"

"没有,从没见过。他很少在家,而且一旦在家,他和查普曼夫人就不愿意和外人来往。这也很正常。"

"您知道查普曼夫人是否有什么比较近的亲戚或者朋友吗?"

"朋友我不太知道,但我觉得她没有什么很近的亲戚。她从来都没说过。"

"她去过印度吗?"

"据我所知没有。"默顿太太停顿了一下,又接着说,"请告诉我,您为什么问这些问题?我很清楚您是苏格兰场的人,所以一定有什么原因?"

"哦,默顿太太,您会知道,事实上,我们在查普曼夫人的寓所里发现了一具尸体。"

"啊!?"一时间,默顿太太的两眼瞪得溜圆,看上去就像只小狗。

"一具死尸!不是查普曼先生,对吧?也许是外国人吧?"

贾普说:"不是男人,是具女人的尸体。"

"女人。"默顿太太看上去更加吃惊了。

波洛轻轻地问:"您为什么觉得会是个男人呢?"

"呃,我不知道,好像应该是个男人吧。"

"可是为什么呢?是因为查普曼夫人经常接待男士来访者吗?"

"噢,不……不是的,"默顿太太很生气地说,"我根本就不是这个意思。西尔维娅·查普曼绝对不是那种女人——绝对不是!只不过,查普曼先生……我是说……"

她停住不说了。

波洛说:"我认为,女士,您没有把知道的事情都告诉

109

我们。"

默顿太太不确定地说：

"我也不知道，但是我知道应该怎么做！我是说，我并不想辜负别人的信任，而且我从来都没有把西尔维亚说的话告诉过任何人，除了一两个特别可靠的好朋友——"

默顿太太向前倾了倾身子，压低了声音说：

"那是有一天她偶然提到的。我们当时正在看一部关于间谍的电影，查普曼夫人说能看出这个写剧本的人对于此题材知之甚少。然后，她就说了那个秘密，不过她先让我发誓保密——查普曼先生是个间谍。我是说，这就是他长期在国外的真正原因。那个军火公司只是个幌子。查普曼夫人特别担心，因为他不在家时她都不能给他写信，也收不到他的信。当然了，这多危险哪！"

4

当他们从楼梯上下来回到四十二号时，贾普突然爆发了："又是菲利普·奥本海默[1] 的影子，又是瓦伦丁·威廉姆斯[2] 的影子，又是威廉·勒古[3] 的影子，我觉得我都快要发疯了！"

贝多斯警官，那位精明的年轻人，正在等着他们。

他恭敬地说：

"从女佣那里没有得到任何有用的东西，先生。查普曼夫人好像很频繁地更换女佣，目前这个才为她工作一两个月。她说查普曼夫人是个好人，喜欢听广播，说话也很和善。这个姑娘觉得

---

[1]爱德华·菲利普·奥本海默（E.P.Oppenheim, 1866—1946），英国间谍小说作家。
[2]瓦伦丁·威廉姆斯（V. Williams, 1883—1946），英国记者、间谍小说作家。
[3]威廉·勒古（William Le Queux, 1864—1927），法裔英国记者、间谍小说作家。

查普曼夫人的老公是个没公开的同性恋，可是查普曼夫人没有觉察到。她有时会收到从国外来的信，有几封寄自德国，两封寄自非洲，一封寄自意大利，一封寄自苏联。这个姑娘的男朋友集邮，查普曼夫人总是把邮票从信封上撕下来送给她。"

"查普曼夫人的文件里有什么有用的吗？"

"什么都没有，先生。她留下的文件不多，几张账单和几张收据，都是本地的；一些旧的剧院节目单；一两张从报纸上剪下来的烹饪食谱；还有一本印度妇女基督教会的小册子。"

"我们可以猜到是谁把它拿来的。她听上去不像是个女杀手，对吧？但应该就是她。起码她是个帮凶。那天晚上没有陌生男子出现吧？"

"门童不记得有。但是，我觉得过了这么久他也记不清了。毕竟这是个很大的住宅群，总是有人进进出出。他之所以记得塞恩斯伯里·西尔小姐的来访日期，是因为他那天晚上身体特别不舒服，第二天就被送进了医院。"

"其他套房里有没有人听到点儿什么动静？"

年轻人摇摇头。

"楼上和楼下的两个套房我都问过了，没有人记得听到过任何不寻常的声音。我估计他们当时都开着收音机。"

法医洗完手，从卫生间走出来。

"尸体的味道实在太大了，"他兴致勃勃地说，"等你们完事儿后把她送过去，我再检查些细节。"

"看不出死因吧，医生？"

"在做解剖前不可能知道。我认为面部的那些伤痕肯定是死后才有的。不过等你们把她送到解剖室以后我会了解得更多。中年妇女，非常健康。头发被染成金色，但发根灰白。身体上也可能会有可供辨认的特征标记——如果没有，就不太容易辨认她的身份——呃，你们知道她是谁，太好了？什么？就是最近一直在找的那个失踪女人吗？哦，你知道，我从来都不看报纸，只做填字游戏。"

贾普挖苦道："您就是这么读报的！"

这时，医生走出了房间。

波洛俯身检查书桌。他随手拿起一本棕色的小地址簿。

细心的贝多斯说：

"那里面没有什么特别的东西，大部分都是理发师、裁缝的信息，我把那些属于她私人朋友的人的名字和地址都记下来了。"

波洛打开小本子，翻到字母 D 那一页，他读着上面的记录：

> 戴维斯医生，阿尔伯特王子街十七号；
> 德雷克和蓬波乃迪，鱼贩子；

再往下是：

> 牙医，莫利先生，夏洛特皇后街五十八号。

波洛的眼中闪过一道绿光，他说：

"我想，要查明死者的身份并不那么困难。"

贾普不解地看着他说：

"确定啊——你不要猜测——"

波洛坚定地说：

"我就是想要确定。"

5

莫利小姐搬到乡下去了，她在离赫特福德不远的地方有间小小的农舍。

这位掷弹兵友好地接待了波洛。自从弟弟死后，她脸上的表情变得更加严肃，身板儿挺得更直，对待生活的态度也更加不屈不挠了。她十分痛恨庭审的结果给弟弟的职业名声所带来的诽谤。

她有理由相信波洛也会和她一样，并不认同陪审团的判决，所以她见到波洛时变得稍微和善了一些。

她迅速自如地回答了他的问题。莫利先生所有的行业证书及文件都由内维尔小姐整理好，并且交给了莫利先生的继任者。有些病人自动转到了赖利先生手里，另一些接受了新来的医生，还有一些去找别的牙医了。

莫利小姐介绍完这些后说：

"这么说，你们已经找到了亨利的那个女病人——塞恩斯伯里·西尔小姐，她也被谋杀了。"

她说"也"时，故意加重口气，并带着蔑视。

波洛说："您弟弟从来没有特别跟您提起过塞恩斯伯里·西尔小姐吗？"

"没有，我不记得他提起过。如果他遇到一个特别难缠的病人就会告诉我，如果有病人说了什么有趣的事儿，他也会讲给我听。不过，我们通常不大谈论他工作的事儿。他也很希望在一天过去之后，不再去想白天的工作。他有时会觉得特别累。"

"您听说过您弟弟的病人中有查普曼夫人这个人吗？"

"查普曼？没有，我好像没听说过。内维尔小姐可以回答您这些问题。"

"我正想和她联系,她目前在哪里?"

"她在拉姆斯特的一个牙医那里找到了工作。"

"她还没有和那个年轻人弗兰克·卡特结婚吧?"

"没有,我倒宁愿这件事情永远都别发生。我不喜欢那个年轻人,波洛先生,真是不喜欢。他有点不对头,我还是觉得他连起码的道德观念都没有。"

波洛说:"您觉得他会是杀害您弟弟的凶手吗?"

莫利小姐缓缓地说:

"我觉得他也许能干出这种事来——他脾气特别暴躁。不过我想不出他能有什么动机,他也没什么机会去干这件事。您知道,亨利并没有成功说服格拉迪斯放弃他,她还是一心一意地跟他好着。"

"您觉得他可能会被人收买吗?"

"收买?去杀害我弟弟吗?这个想法太奇怪了!"

这时,一个面容姣好的黑发女子端了茶进来。等她关门离开后,波洛说:

"这个女孩子在伦敦时就跟着您,对吗?"

"阿格尼丝?对,她原来就在那里做女佣。我让厨子走了,反正她也不想搬到乡下来。阿格尼丝现在为我料理所有的事情,她已经慢慢变成一个很好的小厨子了。"

波洛点点头。

他对夏洛特皇后街五十八号的内务安排已经了如指掌。悲剧发生后,他已经把这些细节全都认真地思考了一遍。莫利先生和他姐姐把房子的二楼作为居住区,地下室是完全封闭的,不过有一个很窄的通道通往后院。后院有一个绑着绳索的篮子,一直可以拉上顶楼，用来运送从小商贩那里买来的东西。院子里还安有一个通话器。所以，进入屋子的唯一入口就是前门，艾尔弗雷德负责开门。基于以上情况，警方得出结论，那天上午不可能有外人进入那栋房子。

厨子和女佣已经跟着莫利家好多年了，品行一直都很好。所以，尽管从理论上来说，她们其中一个有机会溜到楼上开枪打死主人，但是这个可能性从未被认真考虑过。她们两个在接受询问时也都没有露出任何异常的慌张或烦躁。她们俩也就理所当然地被排除了行凶的可能。

然而，当波洛准备离开时，阿格尼丝把他的帽子和手杖递给他。她一反常态地紧张急切，问道：

"关于……关于主人的死，有人知道更多的情况吗，先生？"

波洛回过身去看着她说：

"还没有更多的消息。"

"他们还是很肯定他是自杀，因为弄错了药量吗？"

"是的，你为什么要问这个？"

阿格尼丝用手揉搓着围裙，把脸瞥向一边，含混不清地说：

"女……女主人不这么想。"

"你或许和她有同感？"

"我？噢，我啥都不知道，先生。我只是……只是想问一下。"

赫尔克里·波洛用无比温柔的语气问：

"你想完全相信他是自杀，这样你会感到轻松些，对吗？"

"噢，是的，先生，"阿格尼丝马上说，"是这样的。"

"也许有什么特别的原因吧？"

她惊慌的眼神与他的相撞，吓得立刻缩了回去。

"我……我什么都不知道，先生。我只是随便问问。"

朝大门走去时，赫尔克里·波洛问自己："可她为什么要问呢？"

他预感到这里面一定有文章，但是目前他还猜不到是什么。尽管如此，他还是觉得离真相又近了一步。

6

当波洛回到自己的公寓时，他吃惊地发现有一个不速之客正在等着他。

他从椅子背后首先看到了来者光秃的脑袋，紧接着巴恩斯先生瘦小的身躯从椅子里站了起来。

他客套地抱歉来访打扰，一双眼睛还是那么炯炯有神。

他之所以来这里，据他解释说，是对赫尔克里·波洛的一个回访。

波洛表示很高兴见到巴恩斯先生，并吩咐乔治送上咖啡，除非来客喜欢喝茶、威士忌或者饮料？

"咖啡就挺好，"巴恩斯先生说，"我想您的男仆煮的咖啡一定不错，大部分英国仆人都会这个。"

之后，他们又寒暄了几句客套话。巴恩斯先生轻轻地咳嗽了一声，然后说：

"我想对您明说，波洛先生，我来这里纯粹是出于好奇心，因为我觉得您会了解这个奇怪案子的所有细节。我看到报纸上说他们找到了失踪的塞恩斯伯里·西尔小姐，而且已经组织了一次审讯，为了找到新的证据又休庭了，据说死因是药物过量。"

"您说得没错儿。"波洛回答说。

停了一会儿，波洛问：

"您听说过阿尔伯特·查普曼吗，巴恩斯先生？"

"啊，就是塞恩斯伯里·西尔小姐去的，并死在那儿的那个公寓女主人的丈夫？看起来他是个难以捉摸的人物。"

"但不会完全不存在这个人吧？"

"呃，不，"巴恩斯先生说，"存在，他当然存在——或者说曾经存在过。我听说他已经死了，但是我们不能相信这些谣传。"

"他是什么人呢，巴恩斯先生？"

"我想他们在法庭上不会说这个，除非万不得已。他们仍会拿出军火公司旅行商人那一套。"

"这么说他是间谍了？"

"他当然是啦。但是他不能告诉他太太有关工作的事儿，什么都不能说。事实上，他结婚之后就不应该继续做间谍了。这种情况很少见——我是说如果你是真正干秘密工作的人的话。"

"而阿尔伯特·查普曼就是间谍？"

"是的，Q.X.912，这是他的代号，间谍很少用名字。呃，我并不是说Q.X.912是多么重要的代号，或者类似的什么。但是他很有用，因为他是那种很平常的家伙，那种你见过之后很难记得他面孔的人。一封光明正大的信会由我国驻鲁里塔尼亚大使送出，而一封非官方的、含有机密内容的情报就得由Q.X.912，也就是阿尔伯特·查普曼先生来送了。"

"那么他知道很多有用的情报了？"

"有可能他什么都不知道。"巴恩斯先生饶有兴致地说，"他的工作就是上下火车、轮船或者飞机，并且编出一套可信的故事来解释为什么需要去那些地方！"

"您听说他已经死了？"

"我是这么听说的。"巴恩斯先生说,"但您不能听到什么就信什么,我从来都不这样。"

波洛目不转睛地看着巴恩斯先生问:

"您觉得他太太是怎么回事儿?"

"我说不好。"巴恩斯先生说。他瞪大眼睛看着波洛问:"您觉得呢?"

波洛说:"我有个想法——"他打住话头,然后慢慢地说,"这点特别让人费解。"

巴恩斯先生同情地小声问:"有什么事让您觉得苦恼吗?"

赫尔克里·波洛慢慢地说:"是的,我亲眼看到的证据……"

7

贾普来到波洛的客厅,把他的圆礼帽重重地摔在桌子上,桌子颤抖了一下。

他说:"见鬼,你为什么会这么想?"

"我的好贾普,我不明白你在说什么。"

贾普缓慢而怒气冲冲地说:

"你为什么觉得那具尸体不是塞恩斯伯里·西尔小姐的?"

波洛看上去很困惑。他说:

"那张脸让我想不通。为什么要毁掉一个已经死了的女人的面孔呢?"

贾普说:

"要我说,我倒希望老莫利还活在某个地方,他会知道是怎么回事儿,他真的有可能知道。你看,他是被人故意除掉的,这样他就不能做证了。"

"如果他能亲自提供证据那当然再好不过。"

"利瑟兰先生也可以，就是接莫利班的那个人。他有能力，而且也很有教养，提供证据不会有错的。"

第二天的晚报纷纷陆续登出了惊人的消息：在贝特西公寓里发现的那具先前认为是塞恩斯伯里·西尔小姐的尸体，现已被确认是阿尔伯特·查普曼夫人。夏洛特皇后街五十八号的利瑟兰先生根据牙齿和颌骨毫无疑问地断定死者是查普曼夫人。有关她牙齿和颌骨的具体特征在已故的莫利先生的诊疗记录里都有记载。

塞恩斯伯里·西尔小姐的衣服被穿在死者身上，塞恩斯伯里·西尔小姐的手袋被放在了尸体旁边，但是塞恩斯伯里·西尔小姐这个人又在哪里呢？

九，十，肥母鸡

1

他们从法庭出来,贾普兴高采烈地对波洛说:

"这活儿干得太漂亮了,把他们都给镇住了!"

波洛点点头。

"是你先发现问题的。"贾普说,"但是,你知道,我对那具尸体也有看法。不管怎么说,你都不会无缘无故地去毁掉一个死人的脸。真是一塌糊涂,让人极不舒服。所以很明显,这里面一定有原因。那么原因只有一个——掩盖死者身份。"他又大度地说,"不过我没能这么快就意识到它是另外一个女人的尸体。"

波洛微笑着说:

"但是,我的朋友,从根本上看,这两个女人的外表还是有很多相似之处的。查普曼夫人是个机智、漂亮的女人,懂得化妆,穿着也时尚;而塞恩斯伯里·西尔小姐呢,穿着邋遢,而且不懂得用口红和腮红。但是她们的基本特征却很一致,都是四十多岁的女人,差不多同样的身高和体形,都有了白发并且染成金色。"

"是的,当然了,你这么一讲就很清楚了。有一点我们得承认——诚实的梅布尔把我们两个都给骗了,彻底给骗了。我还发誓说她是个正人君子呢。"

"但是,我的朋友,她确实是。她的过去我们都了解啊。"

"可我们不知道她还能搞谋杀——现在看起来是这样。西尔维娅没有杀死梅布尔,是梅布尔杀了西尔维娅。"

赫尔克里·波洛若有所思地摇摇头。他还是不能相信梅布尔·塞恩斯伯里·西尔是个杀人犯。然而他耳边却仿佛听到巴恩斯先生轻轻的、带着讽刺的话语：

"要留神那些体面的人……"

梅布尔·塞恩斯伯里·西尔在此之前一直是个体面人。

贾普加重语气说：

"我一定要把这个案子查个水落石出，波洛，这个女人别想骗过我。"

2

第二天，贾普打来电话。他的声音听上去有点儿奇怪。

他说："波洛，你想听新闻吗？结束啦，伙计，彻底结束了！"

"什么？——线路可能不是很好，我没听明白——"

"完事儿了，伙计，彻底完事儿了。可以放假了！坐下来掰手指头玩吧！"

现在贾普语音中的苦涩再清楚不过了。这让波洛感到很吃惊。

"什么结束了？"

"都是那该死的舆论！报道！乱七八糟的东西！"

"可我还是不明白。"

"好吧，听着啊，仔细听我说，因为我不能提具体的名字。你知道我们的调查吧？你知道我们在全国范围内搜捕那条玩把戏的鱼吧？"

"是的，是的，完全明白，我现在明白了。"

"呃，这个被叫停了。要我们闭嘴，不许声张。现在你明白了吧？"

"是的，是的，可是为什么？"

"可恶的外交部的命令。"

"这是不是太反常了？"

"这个嘛，有时也会有。"

"他们为什么要袒护塞恩——那条玩把戏的鱼？"

"不是，他们根本不在乎她。是因为媒体曝光——如果她被带到庭上审讯，A.C.夫人，就是死者的情况就会全部暴露于众。那才是秘密的一面！我只能猜想是因为那位讨厌的丈夫——A.C.先生，明白吗？"

"明白，明白。"

"他可能在海外某个敏感地带，他们不想坏了他的事儿。"

"嗛！"

"你说什么？"

"我只是发出了一声烦躁的感叹，我的朋友。"

"噢！是这样啊，我还以为你感冒了呢。是挺让人烦的！我会说出更重的词。让这件该死的事儿就这样溜过去，想起来我就光火。"

波洛淡定地说："她溜不掉。"

"我们是束手无策了，我告诉你！"

"你们可能是——但我可不是！"

"波洛好样的！那么你要继续调查了？"

"是的，一直到死。"

"哦，老伙计，你可别就这么死了！如果这件事一直这么下去的话，可能会有人给你寄一只毒蜘蛛！"

放下电话时,波洛对自己说:

"哈,我刚才为什么会用这么夸张的词——'一直到死'?是啊,太奇怪了!"

3

信是随着晚上的邮件一起到的,用打字机打出,除了签名。

亲爱的波洛先生:

　　您明天如果能抽时间来见我,我将非常感激。我可能有事要劳烦您。我建议十二点三十分,在我切尔西的房子那儿见面。如果您觉得合适,或许可以电话告知我的秘书?很抱歉这么晚才约您。

您忠实的,

阿利斯泰尔·布伦特

波洛把信摊平,又读了一遍。这时,电话响了。

波洛有时喜欢试着从他的电话铃声中猜测来电人的身份。

这次他马上就确信这个来电非同寻常。虽然不是他的哪个朋友打来的,但也不是拨错了号码。

他起身去接电话,礼貌地、略带外国口音说:

"啊咯?"

一个不带任何感情色彩的声音问:

"请问您的号码是多少?"

"这里是白厅七二七二。"

一阵短暂的停顿,咔嚓一声,随后另一个声音出现了。是个女人的声音。

"波洛先生吗?"

"是的。"

"赫尔克里·波洛先生?"

"是的。"

"波洛先生,你已经,或者将要收到一封信。"

"您是哪位?"

"你没有必要知道这个。"

"好吧,我收到了,女士。今晚我收到了八封信和三张账单。"

"那么你应该知道我指的是哪封信了。如果聪明的话,波洛先生,你就不会接受那份委托。"

"这个,女士,应该是由我自己来定夺的事。"

那个声音冷冷地说:

"我是在警告你,波洛先生。我们不会再容忍你的介入,别插手了。"

"如果我偏要插手呢?"

"那么我们会采取行动,让你不可能再介入……"

"您这是在恐吓啊,女士!"

"我们只是让你识相点……为你自己好。"

"您还真是宽宏大量!"

"你改变不了事情的发展趋势和已经安排好的计划,所以,别插手这些与你不相干的事!明白吗?"

"呃,是的,我明白。但是我认为莫利先生的死和我有所相干。"

女人的声音变得有些刺耳:"莫利的死只不过是连带发生的

一件小事，他妨碍了我们的计划。他并不重要。"

波洛语带威胁但冷静地说："这您可就错了……"

"要怪他自己，他不识相。"

"我也是，不肯识相。"

"那你就是个傻瓜。"

咔嚓一声，对方挂了电话。

波洛又喊了声"啊咯"，然后也放下了听筒。他没有麻烦转接台去查来电的号码，他非常肯定电话是从某个公用电话亭打过来的。

让他感到困惑不解的是这个声音他觉得好像在哪里听到过。他绞尽脑汁，想唤回那微弱的记忆。是塞恩斯伯里·西尔小姐的声音吗？

在他的记忆里，梅布尔·塞恩斯伯里·西尔的声音是高音频的，有些做作，还会过分强调一些词。这个声音并不是这样，那么……或许是塞恩斯伯里·西尔小姐故意伪装了她的声音。不管怎么说，她曾经是演员，应该能够很容易地改变自己的声音。从音色上来说，那个声音听上去与他记忆中的塞恩斯伯里·西尔小姐的声音也并非没有相同之处。

但是他对这个解释并不满意。不对，应该是另一个他见过的人的声音。这个声音他不是非常熟悉——不过他确信曾经听到过一次，或者两次。

波洛想她为什么要这么费心打电话过来，并且威胁他呢？难道这些人真的以为他会害怕威胁吗？显然他们是这么想的。真是太不了解我的心思了！

4

晨报上刊登了一则惊人的消息。昨天晚上首相和一位朋友一起走出唐宁街十号时，被人枪击，幸运的是子弹没有打中他。凶手是一个印度人，已经被拘捕。

读完这则消息，波洛打了辆出租车来到苏格兰场。他被领到贾普的办公室。贾普高兴地招呼他。

"啊，是那条新闻把你吹来的吧。有没有报纸提到首相是跟哪位'朋友'在一起？"

"没有，是谁啊？"

"阿利斯泰尔·布伦特。"

"真的吗？"

"还有，"贾普继续说，"我们有充分的理由相信那颗子弹是冲着布伦特去的，而不是首相。除非那人的准头比现在还烂！"

"谁干的？"

"某个疯狂的印度学生。像往常一样，没有什么成熟的准备，不过是被别人利用的。整件事并不是他的主意。"

贾普接着说道：

"擒获他这事儿干得很漂亮。你知道，十号那边通常都会有一些监视周围动静的人。枪响后，一个美国年轻人抓住了那个矮小的、留着胡子的印度男人。他拼命地紧紧抓住他，并向警察喊他抓到了凶手。与此同时，那个印度人并未多加反抗便束手就擒，我们的人立刻把他给抓了起来。"

"那个美国人是谁？"波洛好奇地问。

"一个叫赖克斯的小伙子。为什么——"他停住口，瞪着波洛问，"这有什么关系？"

波洛说:"霍华德·赖克斯,住在霍尔本宫廷酒店,对吗?"

"对啊,谁——噢,当然了!我的确觉得这名字有点熟,他就是莫利自杀那天上午跑掉的那个病人……"

他停了一会儿,又慢慢说:

"啊呀,又联系到那件事了。你还坚持你的看法,对吧,波洛?"

赫尔克里·波洛严肃地回答说:

"是的,我仍然坚持……"

5

在哥特楼前,一个秘书接待了波洛。他是一位高个子小伙子,看上去文质彬彬,举手投足间显示出娴熟的社交礼仪。

他很有礼貌地道歉说:

"对不起,波洛先生。布伦特先生也很抱歉,他被叫到唐宁街去了,是因为昨天晚上的那件……嗯……事件。我给您府上打了电话,但是不巧您已经出门了。"

年轻人马上又接着说:

"布伦特先生委托我问您是否可以和他在肯特别墅那边一起度个周末,就是爱夏庄,您知道。如果您愿意的话,他明天晚上会在车上给您打电话。"

波洛犹豫着。

年轻人劝他说:

"布伦特先生非常想见您。"

赫尔克里·波洛点头致谢,说:

"谢谢你,我接受邀请。"

"噢,太好了。布伦特先生一定会很高兴。如果他五点三刻来叫您,您觉得——啊,早上好,奥利维娅夫人——"

简·奥利维娅的母亲刚刚进门来。她衣着非常时尚,头戴一顶帽子,低低地压在一边的眉毛上,围着一条时髦的丝巾。

"噢!塞尔比先生,布伦特先生有没有吩咐你那些花园椅子该怎么处理啊?我本来想着昨天晚上要跟他谈的,因为我们这个周末会过去那边——"

奥利维娅夫人看到波洛立马住了口。

"您认识奥利维娅夫人吗,波洛先生?"

"我有幸见过夫人。"波洛俯身鞠躬。

奥利维娅夫人不置可否地说:

"呃?你好。当然了,塞尔比先生,我知道阿利斯泰尔很忙,不会在意这些鸡毛蒜皮的家务事儿——"

"没问题,奥利维娅夫人,"干练的塞尔比先生回答说,"他告诉我了,我也打了电话给迪文先生。"

"那好吧,我就不用再操心了。哎,塞尔比先生,你能告诉我……"

奥利维娅夫人继续唠叨着。波洛想,她真像只咯咯直叫的母鸡,一只又大又肥的母鸡!奥利维娅夫人一边唠叨着,一边高高地挺着胸脯优雅地向门口走去。

"如果你确认这个周末只是我们自己的话——"

塞尔比先生咳了一下。

"呃——波洛先生这个周末也会去。"

奥利维娅夫人停下脚步,转过身扫了波洛一眼,脸上露出显而易见的不悦。

"真的吗?"

"布伦特先生好心邀请了我。"波洛说。

"哦,奇怪——为什么,这可不像阿利斯泰尔啊。请原谅我,波洛先生,只是布伦特先生特意跟我讲他想周末清静点儿,就自己家人在一起!"

塞尔比肯定地说:

"布伦特先生特别期待波洛先生能去。"

"是吗?他没有跟我提过。"

门开了,简站在那里。她不耐烦地催促道:

"妈妈,您好了吗?我们约的午餐是一点十五分哪!"

"来了,简,别这么不耐烦。"

"那您就快点儿啊,天哪——哈喽,波洛先生。"

她刹那间呆住了,停止了催促,眼神也变得警觉起来。

奥利维娅夫人冷冰冰地说:

"波洛先生周末会一起去爱夏庄。"

"呃——明白。"

简·奥利维娅向后退一步让她妈妈过去。她正要跟着走出去,却又转过身来。

"波洛先生!"

她的语气非常急切,波洛穿过房间走到她面前,只听她压低声音小声说:

"您要去爱夏庄?为什么?"

波洛耸耸肩膀,说:

"是您姨公的一番好意。"

简说:

"但是他不可能知道……不可能……他是什么时候邀请您的?哦,没有必要——"

"简!"

她妈妈在门厅喊道。简急迫地小声说:

"别掺和进来,请别来。"

她出去了。波洛听到她们在门外的争吵声。奥利维娅夫人尖声抱怨着:

"我真是忍受不了你的粗鲁,简……我要想办法改掉你这种打断别人讲话——"

这时,秘书说:

"那么明天六点之前一点去接您,波洛先生?"

波洛机械地点头表示同意。他站在那里,仿佛见到鬼了似的。但是,令他大惊失色的不是眼睛看到的,而是耳朵听到的。

从门外传来的两句话听上去与他前一天晚上在电话里听到的声音几乎一模一样,于是他意识到为什么他一直觉得那个声音有点耳熟。

他从屋里出来走在阳光下,茫然地摇着头。

奥利维娅夫人?

但这简直不可能啊!那天电话里那个人不可能是奥利维娅夫人!那个头脑空空、忙于社交的女人——自私、愚蠢、有超强的控制欲、自命不凡?他刚才在心里是怎么叫她来着?

"那只肥硕的母鸡?这真是太荒唐了!"波洛自言自语地说。

他想,一定是他的耳朵欺骗了他。然而——

6

那辆劳斯莱斯轿车在快到六点时准时来接上了波洛。

车里只有阿利斯泰尔·布伦特和他的秘书。看来奥利维娅夫人和简乘另外一部车已经先走了。

一路上没发生任何事。布伦特说话不多，而且大部分都是关于他的花园和最近的一个园艺展。当波洛恭喜他大难不死时，布伦特马上否认说：

"哦，那件事！我不觉得那家伙是朝我开枪。不管怎么说，那可怜的家伙根本就不知道怎么瞄准！就是个疯狂的学生，没什么好怕的。他们是被利用了，臆想着朝首相开一枪就能改变历史进程。真是可悲。"

"以前也有人企图谋害过您，对吗？"

"听上去好像很夸张，"布伦特说，眼睛微微地闪着光，"前不久有人通过邮局给我送来了一颗炸弹。那颗炸弹不是很管用，您知道。这些人居然还想掌控世界！连个炸弹都弄不好，怎么还认为可以掌管全世界？"

他摇摇头。

"事情总是这样：一群留着长发的理想主义者，脑子里没有一点儿实际的知识。我不是个聪明的人，从来都不是，但是我能阅读，能写作，会做算数。您明白我的意思吧？"

"我想是的，不过还是请您再解释一下。"

"好吧。如果我读一篇用英文写的东西，我能够理解它是在说什么。我不是指什么深奥的东西，公式，或者哲学之类的，我是说简单的商务英语，但大部分人都读不懂！如果我想写篇东西，我能够把我要说的意思写出来——我发现很多人也做不到这个！还有，就像我刚才说的，我会做简单的算术。如果琼斯有八根香蕉，布朗从他那里拿走十根，琼斯还剩下几根？这就是人们假装可以找到简单答案的那种计算。他们不会承认，首先布朗做不到这件事；其次，更不可能有额外的香蕉！"

"他们喜欢像变戏法一样的答案?"

"没错儿,那些政客也同样没用。但是我一向坚持尊重常识。到头来,您知道,谁都不能违背它。"

他不自然地笑了笑,接着说:"不过,我真是三句话不离本行啊,真是个坏习惯。还有,离开伦敦时我就不愿意再想工作的事儿了。我很期待,波洛先生,听听您的一些历险故事。我读过很多惊险类和侦探类的小说,您觉得它们真实吗?"

他们在车里接下来的谈话就一直围绕着赫尔克里·波洛办过的那些比较惊人的案子。阿利斯泰尔·布伦特表现得像小学生一样,对故事的细节充满兴趣。

当他们到达爱夏庄时,这种愉快的气氛就降温了。奥利维娅夫人挺着她丰满的胸脯,一副冷冰冰又非常不开心的样子。她尽可能地冷落波洛,只跟男主人和塞尔比先生打了招呼。

塞尔比先生把波洛领到他的房间。

这是栋特别可爱的房子,并不是特别大。家具摆设既不张扬又有品位,就像波洛在伦敦看到的一样。所有的东西都很高档,但是又很简洁。它们背后巨大的财富通过这简洁中所营造出的协调和流畅显示出来。晚餐的招待令人赞叹——所有美食全是英式的,而非常见的欧洲大陆式,餐桌上配的酒更是让波洛由衷地欣喜。他们食用了一碗清汤、香煎鳎鱼、羊羔里脊配小嫩豆、草莓和奶油。

波洛全身心地享用这些精美的食物,完全没有注意到奥利维娅夫人持续的冷淡以及她女儿的唐突和无礼。简,不知道为什么,对他显示出明显的敌意。直到晚餐快要结束的时候,波洛才模模糊糊地注意到这点。他不明白为什么!

布伦特两眼盯着桌子,漫不经心地问:

"海伦今晚不和我们一起吃饭吗?"

朱莉娅·奥利维娅撇了撇嘴说:

"我想亲爱的海伦在花园里干活累了,就建议她去睡了。她可以好好休息一下,省得还要梳妆打扮来和我们一起吃饭。她觉得我的话很对。"

"哦,明白了。"布伦特神情茫然,有点儿不解,"我还以为周末她能稍稍改变作息。"

"海伦做事一板一眼,她喜欢早早就去休息。"奥利维娅夫人肯定地说。

饭后,布伦特要跟他的秘书说几句话,波洛就先去女士们待的小客厅。进门时,他听到简·奥利维娅对她妈妈说:

"阿利斯泰尔姨公不喜欢您那样把海伦·蒙特雷索冷落到一边,妈妈。"

"胡说。"奥利维娅夫人语气强硬地说,"阿利斯泰尔脾气太好了,对穷亲戚太好了。给她免费的屋子住已经算仁至义尽,再让她每个周末一起在家里共进晚餐,那就荒谬了!她只不过是个什么远房表妹,我不觉得阿利斯泰尔应该被硬加上这么个负担!"

"我倒觉得她也有股子傲气呢,"简说,"她每天在花园里干特别多的活儿。"

"这种态度就很好。"奥利维娅夫人欣慰地说,"苏格兰人都非常独立,也因此受到人们的尊重。"

她在一张沙发上舒服地坐下来,还是故意不理会波洛。

她说:"把那本《内幕评论》递给我,亲爱的。上面有关于路易·范·斯凯勒和她的摩洛哥导游的文章。"

阿利斯泰尔来到门口,说:

"波洛先生，请到我的房间里来。"

阿利斯泰尔·布伦特自己的居所是一个低矮、长形的房间，在房子的背面，窗户朝着花园。房间很舒适，有大大的扶手椅和长沙发椅。一些东西随意地摆放着，让人有家的感觉。

（不必说，赫尔克里·波洛会更喜欢把它们摆得有规则一些！）

阿利斯泰尔·布伦特请他的客人抽雪茄，自己也点上了烟斗，然后就直奔主题。

他说：

"我真的非常不满意，当然了，我是指那个叫塞恩斯伯里·西尔的女人。出于某些原因——肯定是完全正当的原因——官方要求停止搜寻。我不知道阿尔伯特·查普曼到底是谁，到底是做什么的。但是，不管他做什么，肯定是一份特别重要的工作，而且是那种有可能会让他陷入困境的工作。我不知道停止搜寻有哪些利弊，但是首相确实提到，对于这个案子，他们经不起任何曝光，所以它越早被公众遗忘越好。这么做可以。这是官方的意见，他们知道应该怎么做。所以，现在警察动弹不得。"

他身子往椅子前面靠了靠，说：

"但是我想知道事情的真相，波洛先生。我想让您帮我查出来。毕竟，您不受官方的约束。"

"您想让我做什么，布伦特先生？"

"我想让您找到这个女人——塞恩斯伯里·西尔。"

"死的还是活的？"

阿利斯泰尔·布伦特的眉毛挑了一下。

"您觉得她可能已经死了？"

赫尔克里·波洛沉默了一两分钟，然后，缓慢而沉重地说：

"如果您想知道我的想法——但请记住,仅仅是想法而已——那么,是的,我想她已经死了……"

"您为什么这么认为?"

赫尔克里·波洛微微一笑说:

"如果我说是因为我在抽屉里看到的一双没穿过的丝袜,您一定觉得不可思议。"

阿利斯泰尔·布伦特惊奇地盯着他:"您是个奇怪的人,波洛先生。"

"我是很奇怪,您说得没错。我办事有条不紊,而且符合逻辑。我不喜欢为了迎合一个说法去歪曲事实,因为我觉得这不合常理!"

阿利斯泰尔·布伦特说:

"我把整件事在脑子里过了一遍,我总是需要花点儿时间才能把一件事想清楚。这整件事实在是太离奇了!我是说,那个牙医开枪自杀了,然后这个叫查普曼的女人被打包装在自己的皮草箱里,还被毁了容。太凶残了!实在是太凶残了!我忍不住怀疑这背后一定有问题。"

波洛点点头。

布伦特又说:

"而且您知道,我越想越觉得我肯定那个女人并不认识我,那天她只是找个借口跟我搭上话。可是为什么呢?这么做对她有什么好处呢?我的意思是,就为了得到一笔捐款?而且那还是要捐给社会的,又不是为她自己。可是,我就是觉得那次……那次见面是她设计好的,就是为了在那所房子门前的台阶上见到我,那么巧,时间刚刚好,让人怀疑!但是为什么?这就是我一直问自己的——为什么?"

"就是啊,为什么呢?我也问我自己。我想不到是为什么,是的,想不到。"

"您对此一点想法都没有吗?"

"我的想法极其幼稚。我对自己说,那可能是个计谋,为的是把您指给什么人看,让他认识您。但是这个想法又有点荒唐——您是位知名人士,还不如直接说'看,那就是他——就是进门的那个人。'这样更简单点儿。"

"不管怎么说,"布伦特说,"为什么有人想把我指给别人看呢?"

"布伦特先生,您再回想一遍那天早上您坐在牙医椅子上时的情形,您没觉得莫利先生说过什么反常的话吗?您不记得有任何可以成为线索的东西吗?"

阿利斯泰尔·布伦特皱着眉头使劲想了想,然后他摇摇头。

"对不起,我实在想不出什么。"

"您确定他没有提到这个女人,这个塞恩斯伯里·西尔小姐?"

"没有。"

"那么另一个女人——查普曼夫人呢?"

"没有,没有,我们根本就没有谈论任何人。我们谈到玫瑰,花园需要雨水的浇灌,假期啦——其他就没了。"

"那段时间里也没有人进入那个房间?"

"让我想想——没有,我觉得没有。以前我去的时候我记得那里还有一个女孩子——金发姑娘,但她这次不在。哦,有另一个牙医进来过,我记得他有爱尔兰口音。"

"他说了什么或者做了什么?"

"只是问了莫利一个什么问题,然后就出去了。莫利的回答很简短，我记得。他在那儿待了可能只有一分钟的样子吧。"

"其他您就记不起什么了？一点儿都没了？"

"没有了。他那天完全正常。"

波洛若有所思地说：

"我也觉得他那天完全正常。"

两人沉默了很久。波洛说：

"您是否记得，先生，那天在楼下的候诊室里见到过一个年轻人？"

阿利斯泰尔·布伦特皱起眉头。

"让我想想——是的，是有一个小伙子，好像坐立不安的样子。不过，我没有特别注意过他。怎么了？"

"如果您再见到他能认出来吗？"

布伦特摇摇头。

"我几乎没看他一眼。"

"他没有试图跟您讲话吗？"

"没有。"

布伦特大惑不解地望着对方。

"怎么了？那个小伙子是谁啊？"

"他叫霍华德·赖克斯。"

波洛密切地注视着对方的反应，但是什么都没看出来。

"我应该知道他的名字吗？我在别处见过他吗？"

"我不觉得您见过他。他是您的孙外甥女奥利维娅小姐的一个朋友。"

"噢，简的一个朋友。"

"她妈妈，我估计，不赞同他们的交往。"

阿利斯泰尔·布伦特心不在焉地说：

"我认为这对于简不会有任何影响。"

"我想她妈妈把他们的关系看得太严重了,以至于把女儿从美国带到这里来,就为了让她离开这个年轻人。"

"噢!"布伦特脸上露出恍然大悟的神情,"就是这个人,是吗?"

"啊哈!您现在感兴趣了吧?"

"我觉得无论从哪方面讲,他都不是个很理想的年轻人,还与不少颠覆活动有染。"

"我听奥利维娅小姐说他那天早上也在夏洛特皇后街做了个预约,就是为了去看您一眼。"

"想让我认可他,是吗?"

"呃,不是的,我的理解是为了诱导他认可您。"

"小毛孩儿一个……"

波洛偷偷地笑了。

"看来您的一切都是他所不能认同的。"

"他当然也是我不认同的那种年轻人!一天到晚义愤填膺,夸夸其谈,一点儿正经事儿都不干!"

波洛停顿了一分钟,说:

"请原谅,我能冒昧地问您一个纯属私人问题吗?"

"尽管问。"

"关于您百年后,遗嘱中财产分配是怎样的?"

布伦特瞪着眼,厉声问:

"你为什么要知道这个?"

"因为,这个有可能——"他耸耸肩膀,"和案子有关。"

"胡说!"

"或许有,或许没有。"

阿利斯泰尔·布伦特冷冷地说：

"我觉得您太夸张了，波洛先生。没有人想杀我，或者之类的事情！"

"您早餐桌上的炸弹……大街上的枪击……"

"那些啊！任何经营世界金融并对其有影响的人都会遇到这种发疯的狂热分子！"

"也有可能这个案子是某个既不狂热也不疯癫之人所为。"

布伦特眼睛瞪得大大的。

"您想说什么？"

"简单地说，我想知道您过世后谁会受益。"

布伦特笑了。

"主要是圣·爱德华医院、肿瘤医院，还有皇家盲人学院。"

"啊！"

"此外，我还留了些钱给我太太的外甥女朱莉娅·奥利维娅夫人；同样数量的钱，但是以信托的方式，留给她的女儿，简·奥利维娅，还有一笔钱留给我唯一在世的亲戚，一个远房表妹海伦·蒙特雷索。她被遗弃了，很惨。现在住在这里的一个农舍里。"

他停顿了一下，接着说：

"这些，波洛先生，都是完全机密的。"

"那当然，先生，那当然。"

阿利斯泰尔带着讽刺口吻说：

"我猜你不是想说，波洛先生，朱莉娅、简，或者我表妹海伦三人之中有谁为了拿到钱想要害我吧？"

"我可没这么想——没这么想。"

布伦特先前轻微的不快平息了。他说：

"那么您准备接受我的委托吗?"

"找到塞恩斯伯里·西尔小姐吗?是的,我接受。"

阿利斯泰尔·布伦特高兴地说:

"好样的。"

7

离开房间时,波洛在门外差点儿撞到一个高高的身影。他说:"对不起,小姐。"

简·奥利维娅向边上躲闪了一下,然后说:

"您知道我是怎么看您的吗,波洛先生?"

"呃,好吧……小姐——"

她根本就没等波洛说完。她虽然提了问,却根本没有要波洛回答的意思。简·奥利维娅显然是要自己来回答这个问题。

"您是个间谍,您就是个间谍!一个可悲的、四处打听的间谍,多管闲事,制造麻烦!"

"我向您保证,小姐——"

"我知道您要干什么!而且我现在也知道您是怎么撒谎的!您为什么不干脆承认呢?哦,我还要告诉您,您什么也查不到……查不到!没有什么可查的!没有人能伤害我亲爱的姨公的一根毫毛。他非常安全,永远都会安全。安全、体面、富有,还带着满脑子的陈旧观念!他就是个顽固守旧的英国佬。"

她停住了。然后,那悦耳、略带沙哑的声音变得低沉起来,她恶狠狠地说:

"我讨厌见到你,你这个该死的资产阶级的小侦探!"

随后她一转身走了。那昂贵的、模特穿的那种带有花边装饰的长裙也随着荡起了一个波浪。

赫尔克里·波洛呆立在那里,睁大双眼,眉毛挑得高高的。他用手捋着胡子,陷入了沉思。他承认,资产阶级的绰号对他很合适。他对于生活的看法基本上都是资产阶级式的,而且一向如此。但是,被衣着华丽的简·奥利维娅把它当作一个贬义的绰号送给他——他在心里对自己说——确实让人感觉不是很好。他往小客厅走去,依然沉浸在自己的思绪里。

奥利维娅夫人独自在客厅里玩着纸牌。波洛进门,她抬起头,鄙视地望着他,好像是在看一只虫子。她远远地自言自语说:

"红桃J爬到黑桃Q头上了。"

波洛哆嗦了一下,退了出来。他忧伤地对自己说:

"哎呀,看来没人喜欢我!"

他从落地窗出来,慢慢溜达到花园里。夜色迷人,空气中弥漫着树木的芳香。波洛愉快地嗅着,不知不觉中走上了一条两边都是绿草的小路。

他刚转过一个弯,黑暗中隐约有两个人影闪开了。看来他又惊扰了一对恋人。

波洛赶紧转身,掉头往回走。

即便在这里,他的出现似乎也不受欢迎。

他经过阿利斯泰尔·布伦特的窗口,看到阿利斯泰尔·布伦特正在口授什么,塞尔比先生在记。

看来赫尔克里·波洛只有一个地方好去了。

他上楼回到了自己的房间。

他仔细思考了所发生的各种令人费解的事情。他是不是弄错了?那天电话里的声音是奥利维娅夫人的吗?这个想法实在是太荒唐了！他又想到安静的小个子巴恩斯先生那夸张的启示。他想象着神秘的Q.X.912先生，阿尔伯特·查普曼。想起女佣阿格尼丝眼中焦虑的神情。他感觉到一阵烦躁——人们总是这样，不肯把事情说出来！通常都会是无足轻重的小事，但若是不把这些小细节搞清楚就不可能找到正确的路径。

就现阶段而言，这条路径还完全是躲在云雾里！而理清思路从而可以循序渐进地往下走的最大障碍——也被他视为最矛盾、最不可能解决的问题——就是塞恩斯伯里·西尔。因为，如果赫尔克里·波洛看到的是实情的话，那么所有的事情都讲不通啊！

波洛吃惊地对自己说："我是不是老了？"

十一，十二，深探究

1

经过一夜的困扰,赫尔克里·波洛早早地起了床,准备开始新的一天。天气非常好,他又走上了昨晚走过的那条路。

花园里的绿草带十分精致漂亮,尽管波洛本人更喜欢规整的布局,就像在奥斯特恩见到的那种由红色的天竺葵花组成的花圃,然而,他意识到这里也把英式园艺的精髓发挥到了极致。他沿路穿过一个玫瑰园,修剪整齐的花圃让他感到赏心悦目;又穿过岩石园中蜿蜒的小路,路两旁种着高山植物。最后,他来到了一个由四面围墙围起来的菜园子。

这时,他看到一个身材结实的女人。她身穿一件粗花呢外套和裙子,黑色的眉毛,一头黑发剪得很短。她正在用低沉生硬的苏格兰嗓音和一个看上去是花园总管的人讲话。波洛观察到那个总管看上去不太高兴。

波洛无意间听到海伦·蒙特雷索语带讽刺的声音。他连忙拐上旁边的小路,走开了。

一个园丁正靠在他的锄头上休息。看到他过来,赶紧开始用力刨地。这些被波洛看在眼里,他走近那个园丁。这是个年轻的小伙子,他使劲儿地刨着地,背对着正在观察他的波洛。

"早上好。"波洛热情地说。

"早安,先生。"那人小声嘟囔,头也不回地继续工作。

波洛有点儿吃惊。依照他的经验,当你走近一个园丁时,他会做出努力工作的样子,但是如果你和他打招呼,他一般都会很愿意停下来和你交谈以打发时间。

他想这个园丁看起来有点儿奇怪，就在那里站了几分钟，看着那个埋头苦干的人。似乎——这肩膀的扭动看起来有点儿熟悉啊？或许是他养成了习惯，随便听到谁的声音，或见到谁的肩膀都会觉得似曾相识？是不是就像昨晚担心的那样，他真的老了？他心事重重地往菜园子外面走去。在园外，他停下脚步，盯着长满灌木丛的斜坡。

不一会儿，一个圆圆的东西从菜园的墙头上冒出来，好似一轮迷人的圆月。那正是赫尔克里·波洛鹅蛋形的脑袋。他两眼充满好奇地打量着那个年轻园丁的脸。那个年轻人这时停下了锄头，正在用袖子擦脸上的汗。

"太奇怪，太有趣了。"他又小心地把头缩了回去。

他从灌木丛里走出来，抖了抖粘在衣服上的树枝和树叶。是的，太奇怪，太有趣了。弗兰克·卡特，说是在郊区找到了一份文书工作，结果是在这里为阿利斯泰尔·布伦特做花匠。赫尔克里·波洛正在琢磨着这些事儿，忽听到远处传来"喔"的一声响，他掉头向别墅走去。路上他听到他的男主人正在和蒙特雷索小姐讲话，她刚刚从菜园的另一扇门出来。

她的声音清晰地传过来：

"谢谢你的好意，阿利斯泰尔，但是这周你的美国亲戚在这里时，我不会接受任何邀请！"

布伦特说：

"朱莉娅是个心直口快的女人，但她并不是要——"

蒙特雷索小姐坚定地说：

"依我看她对我的态度灰常（口音）蛮横无理，我不能容忍任何的无礼——不管是美国人还是其他什么人的！"

蒙特雷索小姐走开了。波洛走过去，发现阿利斯泰尔·布伦特看上去局促不安，就像许多男人和他们的女人发生矛盾时的样子。他可怜巴巴地说：

"女人好难弄啊！早上好，波洛。天气很好，对吧？"

他们往大房子走去。布伦特叹气说：

"我真怀念我的妻子！"

餐厅里，他对盛气凌人的朱莉娅说："朱莉娅，恐怕你是伤了海伦的自尊心了。"

奥利维娅夫人冷酷地说："苏格兰人总是很爱发火。"

阿利斯泰尔·布伦特看上去很不高兴。

赫尔克里·波洛说：

"我看到您有一个年轻的园丁，我想应该是您最近才雇的吧。"

"应该是，"布伦特说，"是的，我的第三个园丁，伯顿，三个礼拜前离开了。于是我们就找了现在这个来替代他。"

"您还记得他是从哪里来的吗？"

"我还真是不记得了。是麦卡利斯特具体雇的他。好像是谁热情推荐我试用他一下。我也觉得吃惊，因为麦卡利斯特说他做得并不好，想辞掉他。"

"他叫什么名字？"

"邓宁……森伯理……好像是。"

"我如果问您付他多少工钱是不是太冒昧了？"

"不会。两英镑十五便士，我想应该是。"

"就这些？"

"当然就这些——可能有点儿少。"

"那就，"波洛说，"太奇怪了。"

阿利斯泰尔·布伦特疑惑地看着他。

简·奥利维娅抖动报纸的声音打断了他们的谈话。

"看来很多人都想要您的命呢,阿利斯泰尔姨公!"

"哦,你是在看议会辩论吧。没关系,就是阿切尔顿,他总是要找个假想敌来对抗。他在财政问题上抱持最疯狂的观点。如果我们按照他的意思做,不出一个礼拜英国就破产了。"

简说:"您想过要尝试新东西?"

"除非它比老的好,否则我不会,亲爱的。"

"但您永远都不会认为新的东西比老的好,您总是说'这个不行',连试都不会试。"

"实验主义者可以带来很多害处。"

"是的,但您又怎能满足于现状呢?所有这些浪费、不平等、不公平的现象,一定要有所改变!"

"我们这个国家搞得还是不错的,简,所有的方面都照顾到了。"

简激动地说:

"人们需要的是一片新天空,一片新天地!而您却还是坐在那里吃早餐!"

她站起身来,从落地窗向花园走去。

阿利斯泰尔看上去有些吃惊,也有点儿不舒服。

他说:"简最近变了很多。她是从哪里学来的这些想法?"

"别去理会简说的话。"奥利维娅夫人说,"简是个傻姑娘。你了解女孩子,她们去参加那些奇怪的聚会,那里的孩子会跟一些不三不四的人有牵连,然后她们回到家之后就会胡言乱语。"

"是的,但是简一直都是很有个性的女孩子啊。"

"现在时兴这个,阿利斯泰尔,这些东西正在流行!"

阿利斯泰尔·布伦特说:"是的,这些东西现在是很流行。"

他看上去有些忧虑。

奥利维娅夫人起身,波洛帮她开了门,她皱着眉头走了出去。

阿利斯泰尔·布伦特突然说:

"我真不喜欢这样!您知道,每个人都在谈论这些事情!什么意义都没有!都是一些空洞的叫嚣罢了!我一直都很反对这种言论——一片新天空,一片新天地。到底是什么意思呢?他们自己都说不出来!他们只是沉醉于这些词藻。"

他突然又笑了,不好意思地说:"我是属于最后的卫道士,您知道。"

波洛好奇地问:"如果您被……铲除了,会怎么样?"

"铲除!这叫什么话!"他的面色瞬间变得严肃起来,"我告诉你,有很多可恶的蠢货想要做很多昂贵的实验,这会破坏稳定——作为实验的代价,这是常识。事实上,也就是我们所认识的这个英格兰的末日……"

波洛点点头。他着实有些同情这位银行家。他自己也同意实验需要付出代价的说法。他开始对阿利斯泰尔·布伦特所代表的东西有了更新的理解。巴恩斯先生曾经对他说过,但他当时听不进去。突然,他感到有些害怕……

2

当天上午晚些时候,布伦特从房间里走出来说:"我写完信了。现在,波洛先生,我带您去看看我的花园吧。"

他们两个一起出了门,布伦特兴致勃勃地聊起了他的爱好。

岩石园,种着各种稀有的高山植物,是他的最爱。他们在那里停留了一阵,布伦特把一些很少见的植物幼苗指给波洛看。

赫尔克里·波洛的双脚被他最好的漆皮鞋箍得紧紧的。他耐心地听着，不时地把身体的重量从一只脚换到另一只脚。他微微地咧着嘴巴，感觉太阳发出的热量正在把他的双脚烤成两个巨大的布丁蛋糕！

主人继续往前走，指着宽宽的花坛中的各种植物给他看。蜜蜂嗡嗡地叫着。在离他们很近的地方，有人正在用大剪刀修剪着月桂树。

一切都那么祥和，令人昏昏欲睡。

布伦特在花圃尽头停下来，向后望去。剪刀声这时已经离得很近，不过看不到修剪者。

"你从这里往下看，波洛。这些美国石竹今年长得特别好，我不记得它们往年有这么好过。那边是拉塞尔羽扇豆，多么漂亮的色彩。"

啪！一声枪响打破了早晨的宁静，空气中弥漫着愤怒的气息。阿利斯泰尔·布伦特迷茫地转身，看到一缕淡淡的硝烟从月桂树丛中升起。

突然，传来一声怒吼，只见两个男人扭打成一团，把月桂树弄得左右摇摆。一个美国男人的声音高声地叫着：

"我抓住你了，你这个该死的浑蛋！把枪放下！"

两个男人扭拽着从树丛里走出来。早晨努力掘地的那个年轻的园丁被一个几乎高他一头的男人紧紧地扭着。波洛立刻认出了那个高个子的男人，他刚才听到声音时就猜到了。

弗兰克·卡特愤怒地叫着："放开我！不是我干的，我告诉你！我根本就没干。"

霍华德·赖克斯说："呃，你没干？那么你是在打鸟吧！"他停住脚步，看着两个出现在他们面前的人。

"阿利斯泰尔·布伦特先生吗?这家伙刚刚朝你开了一枪,被我当场抓获。"

弗兰克·卡特大叫道:

"撒谎!我刚才在剪树枝,听见一声枪响,然后看到枪落在我脚边,我就捡了起来——是下意识的反应,真的,然后这家伙就跳到我身上了。"

霍华德·赖克斯厉声道:

"枪在你手里,而且刚刚开过火!"

最后,他把手枪扔给波洛:"我们来看看这家伙还能怎么说!幸亏我及时抓住你,我估计你那自动手枪里还有几颗子弹呢。"

波洛说:"确实如此。"

布伦特愤怒地皱着眉头,他厉声问道:

"现在,登侬……邓伯里……你叫什么来着?"

波洛插话道:"这个人叫弗兰克·卡特。"

卡特转身怒不可遏地瞪着波洛。

"是你陷害我!那个星期天你就是来监视我的。我告诉你,这不是真的。我没有朝他开枪。"

赫尔克里·波洛温和地问:"那么,你说是谁干的呢?"

接着他又说:"你看,这里除了我们几个没有别的人了啊。"

3

简·奥利维娅从小路上跑过来。她的头发垂直披在身后,瞪大的眼睛里露出恐惧,她上气不接下气地问:"霍华德呢?"

霍华德·赖克斯轻声说:"你好,简。我刚刚救了你姨公一命。"

"噢！"她停下来，"真的吗？"

"看来您来得确实是非常及时，呃……呃……"布伦特叫不出他的名字。

"这是霍华德·赖克斯，姨公。他是我的朋友。"

布伦特看着赖克斯，笑了。

"噢！"他说，"那么你就是简的那位年轻人了！我一定要谢谢你。"

朱莉娅·奥利维娅像一台高压蒸汽机一样喘着粗气来了。她一边喘一边说：

"我听到了一声枪响。阿利斯泰尔你……你……"她毫不掩饰地怒视着霍华德·弗兰克，"你？你竟敢来这里？"

简冷冰冰地说："霍华德刚刚救了姨公的命，妈妈。"

"什么？我……我……"

"这人朝我姨公开枪，霍华德抓住他，把他的手枪夺了过来。"

弗兰克·卡特凶狠地说："你们这些该死的骗子，你们都是。"

奥利维娅夫人拉长了脸，只说了声："噢！"过了一两分钟，她才恢复平静。她转身首先对着布伦特。

"我亲爱的阿利斯泰尔！多可怕啊！感谢上帝你安然无恙。不过你肯定吓了一跳，我都快吓晕过去了。我想——你觉得我应该喝点儿白兰地吧？"

"当然，我们回屋里去吧。"

她挽住他的胳膊，重重地靠在上面。

布伦特转头看着波洛和霍华德·赖克斯。

"你们能把那家伙带过来吗？"他问，"我们给警察打电话，把他交出去。"

弗兰克·卡特嘴巴张得大大的，但是什么话也说不出来。他面色苍白，两腿发软。赖克斯无情地拖着他往前走。

"快走。"

弗兰克·卡特用他沙哑的声音不服气地说："这是个骗局……"

霍华德·赖克斯看着波洛。

"您这位高级大侦探可是惜字如金啊！为什么不显示一下您的威力？"

"我在思考，赖克斯先生。"

"我想您是需要好好思考一下！我想您会因为这件事丢掉您的饭碗！阿利斯泰尔·布伦特现在还能活着可不是您的功劳。"

"这是您第二次做出这种好事了，对吗，赖克斯先生？"

"您这是什么意思？"

"就在昨天，您还捉住了那个您认为向布伦特先生和首相开枪的人，不是吗？"

霍华德·赖克斯说："呃……是的，我最近好像有这个嗜好。"

"但是有一点不同，"赫尔克里·波洛说，"昨天，您捉住的并不是真正开枪的人，您弄错了。"

弗兰克·卡特愤愤然说："现在他又弄错了。"

"你给我闭嘴。"赖克斯说。

赫尔克里·波洛自言自语道："我怀疑……"

4

赫尔克里·波洛正在着装准备出去吃晚餐，他把领结调整到两边完全对称。他对着镜子里的自己皱起了眉头。

他觉得不满意，但是又说不出为什么。这个案子，照他看来,已经非常清楚了。弗兰克·卡特确实是被当场抓到的。

这并不是因为他对弗兰克·卡特有什么特别的信任或者喜欢。他冷静地想,卡特绝对就是英国人说的"浑蛋",那种对女人有吸引力的小痞子。所以,不管他做得多么明显,她们都不愿意相信他是坏人。

卡特说的那一套故事漏洞百出。什么"特工人员"找上他,给他报酬丰厚的工作之类的童话,什么以园丁的身份做掩护,监视其他园丁的谈话和行动。这种故事不堪一击,没有任何可信的基础。非常拙劣的编造,波洛想,只有卡特这样的人才会编出这种故事。

卡特方面,他没什么可说的。除了辩称一定另外有人用那把左轮手枪开了一枪以外,他拿不出任何可信的解释。他不停地重复说那是个骗局。

只是霍华德·赖克斯,连续两天都刚好在枪击现场,似乎太巧合了。而且两次子弹都没射中阿利斯泰尔·布伦特。

不过,也有可能这里面没有什么问题。赖克斯确实没有在唐宁街开枪,他出现在这里也是完全有理由的——他来找心爱的姑娘。是啊,他的说辞中没有任何不可能的东西。

当然,事情的结果是霍华德·赖克斯非常幸运。当一个人把你从子弹下救起时,你不可能把他拒之门外。最起码,你也应该表现出友好,热情款待他。显然,奥利维娅夫人感到很不快,但是她也知道没有别的办法。

简不讨人喜欢的男朋友已经踏入了这个家门,而且还想留下来!

波洛整个晚上都在仔细地观察他。他非常机智地扮演着自己的角色,没有任何颠覆性言论,完全避谈政治。他一直在讲他的那些有趣的经历，背包客式的远足，到一些荒野的地方旅行，等等。

"他不再是一匹野狼了。"波洛想，"不，是他披上了羊皮外衣。但是，外衣下面？那就不好说……"

晚上，当波洛正在铺床准备睡下时，有人敲他的门。波洛喊了声："进来。"接着，霍华德·赖克斯进了他的房间。他看到波洛脸上的表情就笑了。

"看到我很吃惊吗？我整个晚上都在留意您。我不喜欢您的神情，老是好像心事重重的样子。"

"那又有什么可让您担心的呢，我的朋友？"

"我也不知道，但这确实让我不安。我想或许您发现有些事情让您难以理解。"

"是吗？那又怎么样呢？"

"呃，我想最好我还是来解释清楚。我是说关于昨天的事儿，确实是我演了一出戏！是这样的，我在唐宁街十号看着首相出来，看到拉姆·拉尔朝他开枪。我认识拉姆·拉尔。他是个好孩子，就是有点儿激动，他对印度人所受到的不平等待遇深恶痛绝。不过，没有造成任何伤害，那两位尊贵的大人物都毫发未损——子弹打偏了——所以我当时就决定做假，为了让那个印度孩子不被抓。我抓住了身边一个样子邋遢的家伙，叫喊说我抓住了罪犯，希望拉姆·拉尔安全逃掉。但是那些警察太聪明了，他们马上就发现其实是他干的。这就是事情的真相，明白了吧？"

赫尔克里·波洛说："那么今天呢？"

"今天不同。今天没有什么拉姆·拉尔，卡特是当时唯一在场的人。确实是他开的枪！我抓到他时，枪还在他手里。我想，他当时正准备打第二枪。"

波洛说:"您特别热衷于保护布伦特先生不受伤害,对吗?"

赖克斯咧嘴笑了,笑容很迷人。

"您觉得有点儿奇怪,因为先前我说的那些话,对吧?嗯,我承认。我认为布伦特就应该被枪杀——为了社会和人类的进步,但我并不是针对他个人——他是一个非常慈祥的英式老头儿。我就是这么想的。所以当我看到有人朝他开枪时,我还是冲上去阻挠了。这也显示出人是多么矛盾的动物,不可思议,对吗?"

"理论和实践有很大的区别。"

"谁说不是呢!"赖克斯先生从他坐着的床上站起来,脸上带着轻松、真诚的微笑。

"我只是想,"他说,"过来向您解释清楚。"

他走出房间,小心地将身后的门关上了。

5

噢,主啊,求你让我远离邪恶的人,保佑我远离罪恶的人。

奥利维娅夫人大声地唱着,有点儿跑调儿。

她声音中所带的明显的憎恨让赫尔克里·波洛马上联想到霍华德·赖克斯先生就是她心中那个有罪的人。

赫尔克里·波洛和主人一家来到村里的教堂参加早礼拜。

霍华德·赖克斯略带轻蔑地问:

"您总是去教堂吗,布伦特先生?"

阿利斯泰尔小声含糊地说了些类似在乡村人们都期望你这么做,不能让牧师失望之类的话,典型的英式情结让这个年轻人颇感意外。赫尔克里·波洛会心地笑了笑。

奥利维娅夫人得体地陪伴在男主人身边,她也命令简这样做。

唱诗班的孩子们高声地唱着:

他们的舌头像蛇一样尖利,嘴里含着毒气。

高音部和低音部充满热情地唱:

主啊,请保佑我远离邪恶,保佑我远离罪恶的人,他们想要把我拖入深渊。

赫尔克里·波洛犹豫着用他的男中音随唱:

骄傲的人为我设下陷阱,布下罗网,哎呀,在我前进的路上设下陷阱……

突然,他嘴巴大张,呆愣在那里。

他明白了,完全明白了,他差点跌入陷阱!

赫尔克里·波洛像着了魔似的一直张着嘴,两眼望天。当教堂里的人都哗啦啦坐下时,他还站在那里,直到简·奥利维娅拽了一下他的胳膊,轻声地提醒说:"坐下。"

赫尔克里·波洛坐了下来。一个留有胡须的年长牧师宣讲道:"现在开始讲《圣经》旧约上半部的第十五章。"然后他开始朗读。

牧师在宣读攻打亚玛力人的故事,但是波洛什么也没听进去。

　　一个精心设计的陷阱……一张密布的罗网……一个准备好的陷阱就在他的脚下，小心翼翼地布好了，正在等他往里面跳。

　　他沉浸在一片幻觉中——光芒四射的幻觉，那些孤立的事实狂乱地旋转着，直至找到它们的位置，整齐地排列起来，就像一只万花筒——鞋扣、十英寸的长丝袜、被毁的脸庞、文学品位不高的门童艾尔弗雷德、安伯里奥兹先生的行为、已故莫利先生扮演的角色，所有这些都出现在他的幻觉中，并旋转起来，最后在一个相互关联的图案中找到了自己的位置。

　　赫尔克里·波洛第一次从正确的角度看清了案情的发展。

　　　　叛逆如同妖术是罪恶，顽固不化如同盲目崇拜是邪恶。既然你摒弃了主的教诲，主也就放弃了做你的主。第一课就讲到这里。

　　老牧师用颤抖的声音一口气讲完了这些。

　　赫尔克里·波洛像在梦中似的站起身来，唱赞歌感谢主的恩德。

十三，十四，女求偶——

1

"赖利先生,对吧?"

年轻的爱尔兰人听到胳膊肘旁边有人说话,吓了一跳。

他转过身。

紧挨着他站在船运公司柜台前的是一个小个子男人,圆脑袋、留着小胡子。

"您不认识我了吧,或许?"

"哪儿的话呢,波洛先生。您可不是会被轻易忘记的人。"

他回过身去跟柜台后边正在等着他的工作人员说话。他胳膊肘边的那个声音又轻声问:

"您要去国外度假吗?"

"不是度假。您呢,波洛先生?我希望您不是要离开这个国家吧?"

"有时,"赫尔克里·波洛说,"我也回我的祖国——比利时小住一阵。"

"我走得可要远多了,"赖利先生说,"我去美国。"他又说:"而且,我想我不会再回来了。"

"听您这么说我感到很抱歉,赖利先生。那么,您是放弃在夏洛特皇后街的诊所了?"

"如果您说是诊所遗弃了我会更确切些。"

"真的吗?那真是太糟糕了。"

"我可不在乎。想到从此就可以把那些债务都抛诸脑后,我就很知足啊。"

他迷人地笑了笑。

"我不是那种因为欠债就会自杀的人。我要撇清债务,重新开始。我有医生执照,这就足够了。"

波洛轻声说:"我前些天去见过莫利小姐了。"

"您很乐意见到她吗?我可不是。没有哪个女人比她的面相更刻薄。我常想,如果她喝醉了会是什么样子,但是永远也不可能有人知道。"

波洛说:"您同意法庭对您合伙人之死的判决吗?"

"我不同意。"赖利果断地说。

"您不认为他在注射时出了差错?"

赖利说:

"如果莫利真的给那个希腊人注射了那么大的剂量,那他要么是喝醉了酒,要么就是成心要杀了那个人。不过我从来没见过莫利喝酒。"

"所以您认为是蓄意谋杀?"

"我可没有这么说,这可是个严重的指控。说实在的,我不相信他们的话。"

"那一定得有个解释啊。"

"没错,一定有——但我还想不出是什么。"

波洛说:"您最后看到莫利先生是什么时候?"

"让我想想,这事有点儿太久了。应该是前一天晚上,大约七点差一刻的样子。"

"他被杀的那天您没见过他吗?"

赖利摇摇头。

"您确定吗?"波洛又追问道。

"呃，也不敢完全确定，但是我不记得——"

"您不记得，比如说，大概在十一点三十五分，他正在看一个病人的时候，您上楼去过他的诊室吗？"

"您说得对，我是去了。我正在订购一些设备，去问了他一个技术上的问题。因为对方打了电话过来。但是我只待了一分钟，所以几乎不记得了。他当时是有个病人在那儿。"

波洛点头说：

"还有个问题，我一直想问您。赖利先生，您当时有个病人走了，取消了他的预约。在那空闲的半个小时里您做了些什么？"

"做了我一有空就会做的事儿，给自己调了杯酒。还有就是我刚才告诉您的，我打了个电话，上楼去找了莫利先生一分钟。"

波洛说：

"我还知道在十二点半到一点之间，也就是巴恩斯先生之后，您没有病人。顺便问一下，他是什么时间离开的？"

"哦，刚过十二点半吧。"

"那以后您又干什么了？"

"跟先前一样，给我自己调了杯酒！"

"然后又上楼去找莫利先生了？"

赖利先生笑了。

"您是想说我上楼开枪打死了他？我早就告诉过您，不是我。请相信我。"

波洛说："您对女佣阿格尼丝怎么看？"

赖利瞪着他说："您这个问题问得好奇怪啊。"

"但我想知道。"

"告诉您吧，我对她没感觉。乔治娜把女佣们看得很紧——这样做也是对的。那个姑娘从来没看过我一眼——没品位啊。"

"我有种感觉，"赫尔克里·波洛说，"那姑娘知道些什么。"

他略带疑问地看着赖利先生，后者微笑着摇摇头。

"别问我，"他说，"我什么都不知道，什么都帮不上您。"

他拿起面前的船票，冲着波洛微笑着点了点头就走了。

波洛走上前，对卖票的职员说他决定不参加北欧几国首都游的游轮项目了。售票员很失望。

2

波洛又去了汉普斯特德。亚当斯太太看到他好像有点儿吃惊。尽管他之前由苏格兰场的探长引见过，但她还是把他看作一个"古怪的小外国人"，并没太把他当回事儿。不过，她很乐意和他交谈。

当死者身份第一次被公布的时候，引起了不小的轰动。后来的审理结果已经很少有人关注了。这个案子弄错了死者身份——把查普曼夫人的尸体错当成是塞恩斯伯里·西尔小姐，公众也就知道这些。至于塞恩斯伯里·西尔小姐可能是在不幸的查普曼夫人临死前最后一个见到她的人，这件事儿并没有被强调过。报纸上也没有任何暗示说塞恩斯伯里·西尔有可能因犯罪指控而被警方通缉。

当她得知那具被戏剧性地发现的尸体不是她朋友时，亚当斯太太还感到很欣慰。所以她一点儿都没想到梅布尔·塞恩斯伯里·西尔会被怀疑。

"不过她就这么消失了实在离奇得很。我觉得，波洛先生，她肯定是失忆了。"

波洛说很有可能，他也知道有这样的事情发生过。

"是的，我记得我表妹有个朋友，她病了很久，一直很忧郁，后来就得了这种病。失忆症，我记得他们是这么叫的。"

波洛说他相信医学上就是这种称谓。他停顿了一下，然后问亚当斯太太是否曾经听塞恩斯伯里·西尔小姐提到过阿尔伯特·查普曼夫人。

没有，亚当斯太太不记得她的朋友提到过任何类似的名字。不过，当然了，塞恩斯伯里·西尔小姐也不可能提到她认识的所有人。这个查普曼夫人是谁啊？警察知不知道是谁杀了她？

"现在还是个谜，夫人。"波洛摇摇头，然后又问亚当斯太太是不是她建议塞恩斯伯里·西尔小姐去找莫利先生看牙的。

亚当斯太太说不是。她自己是去哈利街的弗伦齐先生那里看牙，如果梅布尔要她推荐牙医的话，她一定会首推这位。

有可能，波洛想，是这个查普曼夫人推荐塞恩斯伯里·西尔小姐去找莫利先生的。

亚当斯太太说有可能。诊所里的人知道吗？

但是波洛已经问过内维尔小姐这个问题，内维尔小姐表示不知道或者不记得了。她记得查普曼夫人，但是不记得听她提到过一个叫塞恩斯伯里·西尔小姐的人。这个名字很特别，如果听到过，她一定会记得。

波洛继续他的提问。

亚当斯太太最早在印度认识了塞恩斯伯里·西尔小姐，是吗？亚当斯太太说是。

亚当斯太太是否知道塞恩斯伯里·西尔小姐在那边时有没有见过阿里斯泰尔·布伦特先生和太太。

"哦，我觉得没有，波洛先生。您说的是那个大银行家吧？他们几年前是在那边和总督住在一起，但是我相信梅布尔没有见过他们，不然的话，她会谈起或提到他们。"

"我想，"亚当斯太太又说，"人们喜欢谈论大人物。我们内心都是很势利的。"

"她从来都没有提到过布伦特夫妇，尤其是布伦特夫人吗？"

"从来没有。"

"如果她是布伦特夫人的一个亲近的朋友，您可能会知道，对吗？"

"噢，当然。我不觉得她认识任何类似的人。梅布尔的朋友都是些普通人，像我一样。"

"这个，女士，恕我不能苟同。"波洛恭维地说。

亚当斯太太继续谈着梅布尔·塞恩斯伯里·西尔，就像在谈论一个刚刚过世的朋友。她回顾了梅布尔做过的所有善举，她的好心肠，她为教会所做的坚持不懈的工作，她的热心和真诚。

赫尔克里·波洛听着。正如贾普所说，梅布尔·塞恩斯伯里·西尔是个实实在在存在过的人。她曾经住在加尔各答，教人演讲，同当地人一起工作。她曾经是个受人尊敬的人，充满善意，可能有一点儿装腔作势，有点儿蠢，但是心地善良的女人不都是这样吗？

亚当斯太太还在继续述说："她做事特别认真，波洛先生，而且她觉得人们都没有什么同情心——特别难打动，向他们募捐特别困难，一年比一年难。收入税又涨了，人们的生活费用也涨了等等。她有一次对我说'当你知道钱可以用来做很多事情——那些可以做到的美好之事——哎呀，有时候，爱丽丝，我真的觉得我都愿意不惜用犯罪来得到它。'你可以看得出，波洛先生，她对慈善有多么强烈的感情，对吧？"

"她说过那种话吗？"波洛若有所思地说。

他很随意地问塞恩斯伯里·西尔小姐是什么时候说过上面的话，得到的答案是在大约三个月前。

他从那所房子里走出来，陷入深深的沉思。他在心里把梅布尔·塞恩斯伯里·西尔小姐这个人重新思考了一遍。

一个好女人，真诚、善良的女人；一个受人尊敬的、正派的女人。这正是巴恩斯先生提醒过的那种可以成为潜在罪犯的人。她和安伯里奥兹先生同船从印度回来，有可能她还和他一起在萨伏依酒店吃过午餐。

她故意同布伦特先生搭讪，自称认识他，并且还说是他太太的好朋友。

她曾经两次拜访利奥波德国王公寓，后来，那里发现了一具尸体，穿着她的衣服，边上放着那只便于识别她身份的提包。

也有点儿太容易辨认了吧！

她在和警察会面之后突然离开格伦戈威尔宫廷酒店。难道赫尔克里·波洛心里的那个想法真的就是这一切的解释吗？他想，也许就是。

3

回家的路上，波洛还在全身心地苦思冥想，不知不觉中来到雷津公园。他决定先在公园里散个步，然后再打车回家。他凭借以往的经验可以精确地算出到那个时候他的皮鞋又该开始挤痛他的脚了。

这是个可爱的夏日。波洛宽容地看着那些保姆一边带着孩子，一边和她们的恋人们调情。那些胖乎乎的小东西也乐得自在。狗在叫，在奔跑，小孩子们在划船。几乎每一棵树下，都有一对情侣依偎在一起……

"啊！青春啊，青春。"波洛自言自语地感叹道，被眼前愉快的景象所打动。这些时尚的伦敦女孩子，穿着花哨的衣服作扬扬得意之态。然而，看着她们的身影，他觉得有些美中不足。往日那些取悦观赏者眼球的性感撩人的曲线到哪里去了？

他，赫尔克里·波洛，想起了女人……尤其是一个女人——多么高贵的女人，天堂鸟一般的快乐，女神般的美丽……

眼前这些衣着时髦的女人有哪一个能跟薇拉·罗萨科娃女伯爵相比呢？真正的俄罗斯贵族，骨子里都充满着贵族气质！还有，他记得她是一名非常出色的大盗……一位天才般的人物……

波洛叹了口气，将脑海中这个艳丽的女人用力挤了出去。他又发觉在雷津公园树下，并不只有被人追求的小保姆。那边，就在那棵青柠树下就有一个真正意义上的时髦女郎。一个年轻人正弯着腰，头凑在她的脸边恳求着。一定不能太快就遂了他的意！他希望那个女郎明白这个道理，要尽可能地享受这被追求的快乐……

他正用欣赏的目光看着他们，突然，他感到这两个身影有些眼熟。是简·奥利维娅来雷津公园和她年轻的美国革命者见面吗？他的面色突然变得忧伤，甚至严峻起来。他只是稍微犹豫了一下，就穿过草坪向他们走去。他夸张地挥手摘掉帽子，说：

"您好，小姐。"

他觉得简·奥利维娅看到他并没有特别不高兴。霍华德·赖克斯呢，则因为被打扰而十分恼火。他大叫道："噢，又是你！"

"下午好，波洛先生。"简说，"您总是趁人不备地突然出现，不是吗？"

"总是给你惊喜。"赖克斯说。他看波洛的眼神依然不屑一顾。

"没有打扰到你们吧?"波洛关切地问。

简·奥利维娅好意地说:"没有。"霍华德·赖克斯什么都没说。

"你们真是找到个好地方。"波洛说。

"刚才是。"赖克斯先生说。

简说:"闭嘴,霍华德。你要学会有礼貌!"

霍华德·赖克斯反驳道:"有礼貌顶什么用啊?"

"你会发现这对你有好处。"简说,"虽然我没有什么礼貌,但这并不打紧。首先,我有钱,长得又漂亮,还有很多有势力的朋友;而且,我没有任何现在广告里常说的那些不幸的残疾。我没有礼貌也能应付得很好。"

赖克斯说:"我现在没心情跟你谈这些。简,我想我还是先走吧。"

他站起身,礼貌地对波洛点了点头,大步离开了。

简·奥利维娅用手托着下巴,注视着他远去的背影。

"啊,应验了那句说辞。恋爱之时,两人成双,对吧?三个人就不成了。"

简说:"恋爱?您说什么呀!"

"我说错了吗?一个男人在求婚之前追求一位年轻女士,人们不是把他们叫作一对恋人吗?您的朋友们可能会说得更好玩。"波洛轻轻地哼着,"十三,十四,女求偶。你看我们周围,她们都是在干这事。"

简酸溜溜地说:"好吧,我只是众人中的一员,我想……"她突然转向波洛。

"我想向您道歉。那天是我弄错了,我以为您想方设法跑到爱夏庄，为的是监视霍华德。但是，后来阿利斯泰尔姨公告诉我是他请您过去的，因为他想让您帮忙查清那个女人——塞恩斯伯里·西尔失踪的事情？"

"确实如此。"

"所以我为那天晚上对您说的话道歉。但是您看上去真的很像，您知道。我是说，很像是在跟踪霍华德，在监视我们俩。"

"尽管如此，小姐，我还是亲眼看见了霍华德先生英勇地扑向凶手的一幕，他救了您的姨公，也阻止了凶手再开第二枪。"

"您讲话的方式真是有趣，波洛先生。我永远都看不出您是认真的，还是在开玩笑。"

波洛严肃地说：

"此时此刻，我是认真的，奥利维娅小姐。"

简带着点儿哭腔说：

"那为什么您看我的眼神是这样的？好像……好像为我感到多么遗憾似的？"

"也许我确实感到有点儿遗憾，小姐，为我不久就要做的事儿……"

"好吧，那么——您就别做了！"

"哎呀，小姐，但是我必须……"

她盯着他看了一两分钟，然后问：

"您找到那个女人了吗？"

"这么说吧，我知道她在哪里。"

"她死了吗？"

"我可没有这么说。"

"她还活着，嗯？"

"我也没这么说。"

简恼火地看着他，大声嚷嚷道：

"她总居其一吧，对吗？"

"事实上，事情没有这么简单。"

"我想是您把事情复杂化了！"

"有人是这么说我的。"波洛承认道。

简哆嗦了一下，说：

"好搞笑啊！这么可爱的好天气，而我却突然感到很冷……"

"您最好走动一下，小姐。"

简站起身来。她犹豫不决地在那里站了一分钟，突然说："霍华德想让我和他秘密结婚，马上，不让任何人知道。他说……他说这是我能和他结婚的唯一办法，因为我太软弱。"她哭了出来，用一只手使劲儿抓着波洛的胳膊问："我该怎么办哪，波洛先生？"

"为什么要问我呢？您有更亲近的人啊！"

"我妈？她听到后会把整个房子都喊塌的！阿利斯泰尔姨公？他既谨慎又啰唆：还有时间，亲爱的，你一定要拿得特别准了再说，'你知道，他有点古怪——你的这位年轻人。没必要这么着急……'"

"您的朋友们呢？"波洛建议说。

"我没有朋友，只有一帮什么都不懂的人。我和他们也就是一起喝酒跳舞，说些没有意义的空话罢了！霍华德是我碰到的唯一真实的人。"

"还是那句话——您为什么会问我呢，奥利维娅小姐？"

简说："因为您脸上莫名其妙的表情——好像您对什么事情感到遗憾，好像您知道有些什么事情会……会发生……"

她停住口。

"怎么样?"她问,"您想说出来吗?"

赫尔克里·波洛慢慢地摇摇头。

4

波洛到家时,乔治对他说:

"贾普探长来了,先生。"

波洛走进房间,贾普苦笑着说:

"我来了,老伙计。我想说,你是个神人吗?你是怎么做到的?你为什么会想到这些事情?"

"你指的是——不过,对不起,你要喝点儿什么吗?甜酒?还是威士忌?"

"威士忌就挺好。"

几分钟后,他举起酒杯,感慨地说:

"为永远正确的赫尔克里·波洛!"

"不,不,我的朋友。"

"我们有一桩自杀案,赫尔克里·波洛说是谋杀——想让它是一桩谋杀案——见鬼,它就是谋杀!"

"啊?那么你终于同意了?"

"嗯,我又不是冥顽不化,不会对证据视而不见的。问题是之前一直没有证据。"

"但是现在有了?"

"是的,所以我来公开道歉——就像你说的那样,也可以说是带点儿好消息来为你助兴。"

"我真是太高兴了,我的好贾普。"

"好吧,事情是这样的。星期六弗兰克·卡特用来射杀布伦特的那把手枪同打死莫利的枪是一样的！"

波洛的眼睛都瞪大了："但是这太不可思议了！"

"是啊，看来对弗兰克大师不是很有利啊。"

"这不能说明一切。"

"是的，不能，但是它让我们开始重新考虑自杀的定论。两把枪都是国外制造，这可真是不常见！"

赫尔克里·波洛瞪着两眼，眉毛像是两条弯月。他过了好久才说：

"弗兰克·卡特？不，肯定不是！"

贾普恼火地叹气说：

"你这是怎么了，波洛？开始你坚持说莫利是被谋杀的，不是自杀。现在我来告诉你我们同意了你的观点，你又哼哼唧唧好像不高兴似的。"

"你真的认为莫利是弗兰克·卡特杀的？"

"这解释得通啊。卡特对莫利有积怨，这个我们都知道。他那天早晨去了夏洛特皇后街，事后假装是去告诉那姑娘说他找到了一份新的工作。但是我们现在发现他当时还没有得到新工作，那是那天晚些时候的事儿。他现在也承认了。所以，这是谎言之一。他说不出十二点二十五分之后他在哪里，于是就说他正走在马利勒波恩路上。但是证明他行踪的最近的一个时间点是一点零五分——他在一个酒吧里喝酒。酒吧的人说他当时的状态很不正常——手在发抖，脸色像纸一样白！"

赫尔克里·波洛叹了口气，摇摇头，自言自语地说：

"这与我的想法不一致。"

"你的想法到底是什么？"

"你告诉我的信息令我十分不安，确实令我非常不安。因为，你想，如果你说的是真的……"

门轻轻地开了，乔治恭恭敬敬地小声说：

"对不起，先生，但是……"

他还没说下去，格拉迪斯小姐就把他推到一边，火急火燎地进了房间，一边还在哭。

"噢，波洛先生——"

"那个，我先撤了。"贾普马上说。他仓皇地离开了。

格拉迪斯·内维尔用愤怒的目光看着他的背影。

"他就是那个……那个苏格兰场来的糟糕侦探，就是他把整个案子都推到了可怜的弗兰克身上。"

赫尔克里·波洛咳了一声。他说：

"您知道，当子弹打向布伦特先生时，我就在场，我就在爱夏庄。"

格拉迪斯·内维尔有些语无伦次地说：

"就算是弗兰克干了……干了件这样的傻事，他也只是个反犹分子。您知道，他们举着旗子游行，还敬一种可笑的礼。当然了，我知道布伦特先生的夫人是个很有名的犹太人，所以他们就煽动这些可怜的年轻人——像弗兰克一样毫无危害的年轻人——让他们觉得自己是在做有利于国家的好事。"

"卡特先生是这么为自己辩护的吗？"赫尔克里·波洛问。

"噢，不是。弗兰克只是发誓说他什么都没干，而且也从来没见过那把手枪。我还没和他说上话，当然了，他们不让，但是他有一个辩护律师，是他告诉我弗兰克说了什么。弗兰克只是说这是个骗局。"

波洛嘟囔道："他的律师是不是认为他的客户最好能想出一个更让人信服的说辞？"

"律师们都是很难相处的,他们什么都不直说。不过我担心的是那个谋杀罪名。噢!波洛先生,我肯定弗兰克不会杀害莫利先生。我是说,他没理由这么做。"

"那天早上他去诊所的时候还没有找到任何工作,对吗?"波洛问。

"这个,说实在的,波洛先生,我不明白有什么区别。他是早上拿到工作还是下午拿到工作都无关紧要。"

波洛说:

"但是他说他去那里是为了告诉你他遇上了好运。好吧,看来,他当时还没有遇上好运。那么,他为什么会去呢?"

"这个,波洛先生,那可怜的孩子当时心情不好,特别沮丧。而且说实话,我觉得他还喝了点儿酒。可怜的弗兰克其实很脆弱,喝了酒之后他会更加难过,所以他想……想闹点事儿出来。于是,他就到夏洛特皇后街,想找莫利先生发作一通。因为,您知道,弗兰克特别敏感,莫利先生对他很失望这件事一直困扰着他。莫利说他是在毒害我的头脑。"

"所以他想要在上班时间去大闹一场?"

"嗯……是的……我猜他是这么想的。当然弗兰克这么想非常不对。"

波洛若有所思地看着面前这个年轻的金发女郎。他说:

"你是否知道弗兰克有把手枪,或者两把同样的手枪?"

"噢,不,波洛先生。我发誓我不知道。我也不相信这是真的。"

波洛慢慢地、迷茫地摇摇头。

"噢!波洛先生,请帮帮我们吧。我觉得您是站在我们这一边的——"

波洛说："我从来不站在哪一边，我只尊重事实。"

5

把这位姑娘送走后，波洛打电话到苏格兰场。贾普还没有回去，贝多斯警官热情地向波洛介绍了最新的进展。

警方还没有证据能证明在爱夏庄枪击事件之前，手枪为弗兰克·卡特所有。波洛放下电话，陷入沉思。这一点对卡特有利，但是到目前为止这是唯一的一点。

贝多斯还告诉他关于弗兰克·卡特供述的他在爱夏庄做园丁的细节。他还是坚持说他做的是秘密工作，事先得到了一笔佣金，也通过了一些园艺技术的测试，然后被告知去向园丁总管麦卡利斯特先生申请这份职位。

他得到的指令是去监听其他几个园丁的谈话，好像他们有"赤色"倾向，而且他自己也要假装有些"赤色"。面试他并给他指令的是个女人，她告诉他她的代号是 Q.H.56，还说有人向她推荐他时说他是个反共产主义者。他说那个女人是在一个光线很暗的地方面试他的，即使再见到，他应该也认不出她来。她是个红头发的女士，化着浓妆。

波洛呻吟了一声。菲利普斯·奥本海默的味道又出现了。他想这个应该要咨询巴恩斯先生。

依照巴恩斯先生的观点，这种事情确实会发生。

当天最晚的一班邮差给他送来了一封信，令他更加不安。

这是一个廉价信封，上面的字迹显得很幼稚，邮戳盖的是赫特福德谢尔。

波洛打开信读道：

亲爱的先生,

希望您能原谅我的打扰,但是我非常担心,而且不知道该怎么办。我实在不想和警察掺和在一起。我知道也许我应该早先就告诉您我知道的事情,但是他们说主人是自杀的,我想那就没关系了。我不想给内维尔小姐的男朋友找麻烦,也从来都没想过真的是他干的,但是现在我看到他已经被逮起来了,因为在郊区向一位男士开枪。也许他是有些问题,我本应该说出来,但是我觉得我更愿意写信给您。您是女主人的朋友,那天您还特别问我是不是知道些什么,当然我现在想我那时告诉您就好了。但是我希望这不会让我和警察打交道,因为我不喜欢那样,我妈妈也不喜欢那样。她一向对我管教很严。

尊敬您的
阿格尼丝·弗莱切

波洛小声对自己说:
"我就知道这事儿和某人有关系。我只是猜错了人。"

十五，十六，厨娘们 ———

1

与阿格尼丝·弗莱切的会面是在赫特福德谢尔的一个几乎无人光顾的茶馆里进行的，因为阿格尼丝不愿意在莫利小姐严厉的目光注视下讲这些事情。

会面的前一刻钟，阿格尼丝一直在讲她的妈妈是多么好。还有阿格尼丝的爸爸，一个拥有商铺的小个体户，从来没有和警察打过任何交道，营业时间都准确到按秒计算。阿格尼丝的爸爸妈妈在格洛斯特郡的小达林镇上都是受人敬仰的人。弗莱切一家六个孩子（两个孩子已夭折）从来都没有让父母烦恼过。如果现在阿格尼丝和警察有任何瓜葛，爸爸妈妈会急死的。因为，正如她说的，他们一向都是堂堂正正做人，从来没让警察找过麻烦。

当这些被重复了一遍又一遍，经过各种渲染和强调之后，阿格尼丝才接近了会面的主题。

"我不愿意对莫利小姐说，先生，因为，您知道，她会说我早就应该说出来。但是我和厨娘——我们聊过，都觉得这和我们没什么关系，因为我们都看到报纸上清楚地写着主人用药用错了，于是开枪自杀，手里还握着手枪等等这一切，所以看上去都很清楚，对吧，先生？"

"你什么时候开始觉得不对劲？"波洛希望通过启发性的、但又不太直接的提问，来接近她要说的有用信息。

阿格尼丝马上回答说：

"我看到报纸上说的关于弗兰克·卡特的事儿——就是内维

尔小姐的男朋友——他在做园丁的地方对一个男士开枪,看上去好像是他脑子出了问题。因为我知道有些人就是这样,以为自己被迫害,被敌人控制了什么的,反正把他们留在家里特别危险,于是就会被送进疯人院。我想可能弗兰克·卡特就是这样,因为我记得他曾经说过莫利先生不喜欢他,想拆散他和内维尔小姐。但是,她当然不会听从,艾玛和我也觉得不该听,因为您不能否认卡特先生长得很帅,而且是位绅士。但是,当然了,我们都觉得他并没有对莫利先生做过什么。我们只是觉得有点儿不对劲儿,您明白我的意思吗?"

波洛耐心地问:

"有什么不对劲儿?"

"是那天早上,先生,莫利先生开枪自杀的那天早上。我正在想是不是可以下楼把邮件取上来,邮差已经来过了,但是这个艾尔弗雷德还没把信拿上来——他是不会给我们送上来的,除非有莫利先生或者莫利小姐的信,如果只是我和艾玛的,他就会一直等到午饭时才拿上来。

"所以我走到楼梯的平台上,顺着楼梯向下望。莫利小姐不喜欢我们在主人上班的时间到楼下客厅去,不过我看到艾尔弗雷德正领着一个病人去主人那里,我想或许我可以在那里等着,在他回来的路上叫住他。"

阿格尼丝喘着气,又深呼吸了一下,接着说:

"就在这时,我看到了他——就是那个弗兰克·卡特。他正在楼梯的半中腰——我是说我们的楼梯,就是主人诊室上面的那层。他正站在那里往下看,等着什么。我越想越觉得有些不对劲儿。他看上去好像在使劲儿地听什么动静,您明白我的意思吧?"

"当时是几点?"

"肯定差不多快到十二点半了,先生。我正在想:瞧,弗兰克·卡特来了,内维尔小姐一天都不在,他会不会不高兴,我还在犹豫是不是应该跑下去告诉他,因为看起来是那个榆木脑袋艾尔弗雷德忘了,不然我想他也不会在这儿等她。然后我正犹豫着呢,卡特先生看上去好像下定了决心似的,很快地从楼梯上悄悄跑下去,穿过楼下过道,进了主人的诊室,然后我心里想,主人肯定会不高兴,接着我想是不是会吵起来,但是这时艾玛叫我,问我在干什么。于是我就上楼了,然后……后来……我听说主人开枪自杀了,然后……当然……这件事太可怕了,我的脑子里一片空白。但是后来,当那个警探走了之后,我对艾玛说,我没讲那天早上卡特先生来楼上找过主人那件事儿,她问他真的来过吗?我就告诉了她,她说或许我应该说出来,但是不管怎样我说我还是再等等,然后她也同意了,因为我们俩都尽量不想给弗兰克先生找麻烦。后来,庭审开始了,原来是主人弄错了一种药,非常害怕,于是就开枪自杀了,非常自然的事儿。然后……当然,也没有必要再说什么。但是前两天我在报纸上读到那则消息……噢!又让我想起来了!然后我对自己说,'如果他是那种以为大家都在迫害他而到处杀人的疯子,那么,也许他真的开枪打死了主人!'"

她用焦虑和恐惧的眼神满怀希望地望着赫尔克里·波洛。他尽可能地用安慰的语气说:

"你把这件事情告诉我肯定是非常正确的,阿格尼丝。"

"呃,我必须要说,先生,这样我也真的卸下了包袱。您知道,我一直在对自己说也许我应该讲出来。然后,您知道,我又怕万一真和警察打起交道,妈妈会怎么说。她一直都特别强调要我们……"

"是的,是的。"赫尔克里·波洛赶紧说。

他感觉这一个下午已经听到够多关于阿格尼丝妈妈的故事了。

2

波洛来到苏格兰场,说要找贾普。他被领到探长办公室。"我想见见卡特。"赫尔克里·波洛说。

贾普迅速瞟了他一眼,问:

"又有何高见啊?"

"你不愿意帮忙?"

贾普耸耸肩,说:

"呃,我可不会反对,那样做没什么好处。谁是内政大臣的宠儿啊?是你。谁能玩弄半个内阁于股掌之间?是你。你可以帮他们遮盖丑闻。"

波洛的脑海里闪过那桩"奥吉思马厩案"。他不无自得地说:

"你必须承认那简直是太巧妙了,对吧?应该说是充满想象力的杰作。"

"也只有你才会想得出这种事儿!有时,波洛,我都觉得你简直是毫无顾忌!"

波洛的脸色一下子变得严肃起来。

"不是这样的。"

"呃,好吧,波洛,我不是这个意思。但是你有时太沉醉于你那些可恶的鬼点子了。你为什么要见卡特?想问他是不是真的杀了莫利?"

让贾普吃惊的是波洛居然很严肃地点了点头。

"是的，我的朋友，正是因为这个。"

"我猜如果真是他干的，他会告诉你，对吧？"贾普边笑边说。

但是赫尔克里·波洛依然很严肃，说："他有可能会告诉我——是的。"

贾普不解地看着他，说：

"你知道，我认识你很久了——有二十年了吧？差不多吧？但是我还是猜不透你的意图。我知道你为年轻的弗兰克·卡特伤透了脑筋，不管出于什么原因，你不想他有罪——"

赫尔克里·波洛使劲儿地摇头。

"不，不，你错了，是另有原因——"

"我想大概是因为他那个女朋友吧，那个金发小妞。你也是个容易动感情的老家伙——"

波洛一下子生气了。

"不是我感情用事！那是英国人的通病！是英国人为年轻的恋人、垂危的母亲和深爱的孩子唏嘘不已。而我，是理性的。如果弗兰克·卡特是个杀人犯，我绝对不会感情用事，希望成全他与那个善良又平凡的姑娘的姻缘。如果他被吊死，她一两年后就会忘了他，重新开始！"

"那么你为什么不肯相信他有罪？"

"我确实是想相信他有罪。"

"你是说你有线索可以最终证明他是清白的？那么，干吗要保密呢？你对我们要公平啊，波洛。"

"我对你们很公平。很快，要不了多久，我就会给你们一个目击证人的名字和地址，对你们的起诉会很有帮助。她可以做证这个案子就是他干的。"

"那么——噢！你简直把我搞糊涂了。你为什么还这么火急火燎要见他？"

"为了让我自己满意。"赫尔克里·波洛说。他再没有多说什么。

3

弗兰克·卡特面色惨白憔悴，但仍勉强露出虚张声势的样子，用毫不掩饰的厌烦神情看着面前的不速之客。

他粗鲁地说："是你啊，你这该死的小外国佬！你想要干什么？"

"我想见你，跟你谈谈。"

"你只管看好了，但是我不会和你谈什么，除非有律师在。这是我的权利，没错吧？对此你没办法。我有权要求我的律师在场，否则我啥都不会说。"

"你当然有这个权利。如果你愿意，可以要求叫他过来，但是我希望你不要这么做。"

"你当然会这么说，这样你就可以设下圈套让我承认那足以毁掉我的罪状，嗯？"

"现在这里没有别人，请记住。"

"这可少见啊？让你的警察哥们儿在门外监听，毫无疑问。"

"你错了。这是一个完全私人的会面，只有你和我。"

弗兰克·卡特笑了，笑容里带着狡诈和不快。

他说："省省吧你！别想拿这些老把戏来骗我。"

"你记得有个叫阿格尼丝·弗莱切的姑娘吗？"

"从来没听说过。"

"我想你会记得她,虽然你可能从来都没有注意过她。她是夏洛特皇后街五十八号的女佣。"

"那又怎么样?"

赫尔克里·波洛一字一顿地说:

"莫利先生被杀的那天上午,这个姑娘偶然从顶楼的楼梯扶手往下看,她看到你在楼梯上,等在那儿,一边还在听着什么。后来她看到你进了莫利先生的房间。时间是十二点零六分或者十二点刚过一会儿。"

弗兰克·卡特明显开始发抖,额头上也渗出了汗珠,神色比平时更加鬼祟,两个眼珠狂乱地咕噜咕噜打转。他怒吼道:

"撒谎!他妈撒谎!是你买通了她!警察买通了她,让她说看见了我。"

"那时候,"赫尔克里·波洛说,"按照你的供词,你已经离开了那所房子,在马利勒波恩路上散步。"

"就是这样啊。那女人在撒谎,她不可能看见我。这是无耻的陷害。如果是真的,她干吗不早说?"

赫尔克里·波洛平静地说:

"她当时确实告诉了她的朋友和同事——那个厨娘。她们感到困惑和害怕,不知该怎么办才好。当自杀的判决出来时,她们又如释重负,想着没有必要再说什么了。"

"我根本就不相信!她们只不过是商量好的。一对卑鄙撒谎的小……"接着他气急败坏地说着脏话。

赫尔克里·波洛等待着。

当卡特最终停下来时,波洛还是像刚才一样冷静慎重地说:

"愤怒和愚蠢的谩骂都帮不了你。这两个姑娘准备把她们看到的都说出来,人们会相信的。因为,你明白,她们讲的是事实。那个姑娘，阿格尼丝·弗莱切确实看到了你。你当时确实在那儿，在楼梯上。你没有离开那所房子，而且你确实进了莫利先生的房间。"他停顿了一下，然后冷静地问，"接下来发生了什么事情？"

"撒谎，我告诉你！"

赫尔克里·波洛感到非常疲惫——自己真的老了。他不喜欢弗兰克·卡特，非常不喜欢他。他认为弗兰克·卡特是个恃强凌弱的骗子，一个谎言家，总之是最好不存在于这个世界上的那类年轻人。他，赫尔克里·波洛只要放手不管，让这个年轻人去坚持他的谎言，世界就可以铲除一个令人不愉快的居住者……

赫尔克里·波洛说："我建议你告诉我真相……"

他很清楚目前的局面。弗兰克·卡特虽然愚蠢，但还是知道坚持他的否认是最好、最安全的做法。一旦承认他在十二点零六分进了那个房间，那么危险就大了。因为从这之后，他说什么都会被认为是在撒谎。

那就让他坚持否认好了。如果这样，赫尔克里·波洛的任务也就完成了。弗兰克·卡特很有可能会因为杀害亨利·莫利被绞死，而且他也算罪有应得。

赫尔克里·波洛只需起身走人就可以。

弗兰克·卡特还在说："撒谎！"

良久的停顿。赫尔克里·波洛没有起身离开，他真想这么做——非常想，然而，他还是没有走。

他把身子往前倾了倾，声音中充满了他坚强的个性所显示出来的威慑力：

"我没有骗你，希望你相信我。如果你没有杀害莫利，你唯一的出路就是告诉我那天上午事情的真相。"

望着波洛的那张刻薄、奸诈的面孔颤抖了一下，露出了犹豫的神色。弗兰克·卡特紧紧地抿着嘴，两眼左右转动，充满恐惧，就像一只受了惊吓的动物。

现在到了最后的关键时刻……

忽然，弗兰克完全被对方的人格力量所打败，投降了。

他声音沙哑地说：

"那好吧，我这就告诉你。如果你现在是在骗我，上帝会诅咒你的！我确实进了那个房间……我上了楼梯，想等到只有他一个人在房里时再进去。我就等在那儿，在莫利房间的上面。后来有个先生出来了，下了楼——那人很胖。我正要下决心过去，这时另一个先生又从莫利的房间出来，也下了楼。我知道我必须要快点儿，于是下楼没敲门就溜进他的房间。我正准备好好教训他一顿，竟然想让我的女人针对我，坏我的事儿，他这个该死的——"

他突然住口。

"怎么了？"赫尔克里·波洛问，他的声音依然是那么急迫、充满威慑力。卡特的声音变得嘶哑而颤抖。

"他躺在那儿——死了。是真的！我发誓这是真的！就像庭审判决说的那样躺在那儿。我开始无法相信，还弯腰看了看他，但是他真的是死了。他的手像石头般冰冷，我看到他头上有一个子弹打穿的洞，周围有一层血凝成的黑黑的结痂……"

回想到这个情景，他的额头上再次渗出了冷汗。

"这时我明白自己麻烦大了，他们会说是我干的。我什么都没有碰，除了他的手和那个门把手。我用手帕把门把手两面都擦了擦。然后我从房间里出来，尽可能快地悄悄下了楼。客厅里没有人，我就赶紧离开了那里。毫无疑问，我觉得非常吃惊。"

他停顿了一下,惊恐地望着波洛。

"这些都是真的。我发誓是真的……他当时已经死了。你一定得相信我!"

波洛站起身,声音听上去既疲惫又悲伤。他说:"我相信你。"

他向门口走去。弗兰克·卡特大声嚷嚷道:

"他们会绞死我的——如果他们知道我当时在场,他们一定会绞死我的。"

波洛说:"你说出了真相,救了自己。"

"我不明白,他们会说——"

波洛打断他说:

"你刚才说的确证了我之前就知道的情况。以后的事就交给我吧。"

他走了出去。

他一点儿都不感到高兴。

4

六点四十五分,他来到了伊灵巴恩斯先生家。他记得巴恩斯先生曾经说过这是个拜访别人的好时间。

巴恩斯先生正在他的花园里干活儿。他招呼波洛说:

"我们需要雨啊,波洛先生,太需要了。"他仔细地观察着来客。

"您看上去气色不太好啊,波洛先生?"

"有时,"赫尔克里·波洛说,"我必须做一些自己并不喜欢做的事情。"

巴恩斯先生同情地点点头："我知道。"

赫尔克里·波洛随意地环顾了这个修剪整齐的小花圃，轻声说：

"这个花园规划得很好，一切都恰到好处，虽然小但很精致。"

巴恩斯先生说："当你只有一个很小的空间时，就必须充分利用它。绝不能在规划上出错。"

赫尔克里·波洛点点头。

巴恩斯继续说："你们抓到要抓的人了？"

"弗兰克·卡特？"

"是的，我吃了一惊，着实吃了一惊。"

"您没想到这是桩——比如说——因私谋杀？"

"没有，坦率地说我确实没有。一旦牵扯到安伯里奥兹和阿利斯泰尔·布伦特，我就觉得它应该是那种间谍或反间谍的案子。"

"这就是我们第一次见面时您向我阐述的观点。"

"我知道，我那时感觉特别肯定。"

波洛慢慢地说："但是您错了。"

"是的，别再提它了。问题是，每个人的想法都受他的经历所影响。我长期以来跟这种事儿打交道太多了，所以我就觉得它无处不在。"

波洛说："您看过魔术师在一副扑克牌里找出某一张牌的游戏吗？叫什么——逼出某张牌？"

"是的，当然。"

"这就是我们这儿发生的情况。每次人们想到莫利被杀的原因时，嘿，马上——一张牌就被逼出来了。安伯里奥兹，阿利斯泰尔·布伦特，政治的动荡，有关国家利益……"他耸了耸肩，"而您呢，巴恩斯先生，您对我的误导比任何人都大。"

"噢，听我说，波洛，我很抱歉。我以为真是那样的。"

"您瞧，您过去的工作会接触到很多内情，所以您的话有分量。"

"不过，我之前说的都是我确实相信的，我只能这么为自己辩解。"

他停了一下，叹了口气。

"那么始终只是纯粹的私人动机吗？"

"没错儿，我花了很长时间才想明白谋杀的原因，尽管我本来有过一次很好的机会。"

"什么意思？"

"一个谈话的片段，一个特别有启发性的片段，只是我当时还没有意识到它的意义。"

巴恩斯先生若有所思，小铲子碰到了鼻子，一粒泥巴粘在了他的鼻子边上。

"您搞得还挺神秘的啊？"他和蔼地说。

赫尔克里·波洛耸了耸肩。他说："是的，或许吧，因为您对我不够坦诚。"

"我？"

"是的。"

"我亲爱的朋友，我从来都没想到过是卡特。据我所知，他在莫利先生被杀前就离开了那所房子。我想是不是他们现在发现他其实并没离开——虽然他自己说已经走了？"

波洛说："卡特十二点二十六分时还在那所房子里，他还看到了凶手。"

"那么卡特没有——"

"我告诉您,卡特看到了凶手!"

巴恩斯先生说:"他认出他了吗?"

赫尔克里·波洛慢慢地摇摇头。

十七，十八，在等待————

1

第二天,赫尔克里·波洛和他认识的一个戏剧代理人会面了几个小时。下午,他去了牛津。接下来的一天,他乘车去了郊外,回来时已经比较晚了。

出发前,他打了个电话给阿利斯泰尔·布伦特先生,约好当天晚上会面。

晚上九点半,他到了哥特楼。

波洛被领进书房,那里只有阿利斯泰尔·布伦特一个人。他与他的客人握手,整个人看上去就像个急切的大问号。他说:"怎么样?"

赫尔克里·波洛慢慢地点点头。布伦特几乎是用又怀疑又欣赏的目光望着他。

"您找到她了?"

"是的,是的,我找到她了。"他坐下来,然后叹了口气。

阿利斯泰尔·布伦特说:"您很累吧?"

"是的,我很累。我要告诉您的,可不是什么好消息啊。"

布伦特问:"她死了吗?"

"这取决于,"赫尔克里·波洛缓慢地说,"您怎么看。"

布伦特皱起眉头。他说:"我亲爱的先生,一个人不是死,就是活。塞恩斯伯里·西尔小姐只能居其一啊!"

"呃,但是塞恩斯伯里·西尔小姐又是谁呢?"

阿利斯泰尔·布伦特说:"您不是想说——根本就没有这个

人吧？"

"噢，不是，不是的。有这么个人，她曾经住在加尔各答，教人们演讲技巧，她还热衷于慈善工作。她搭乘'马哈拉那'号轮船来到英国——与安伯里奥兹先生同船，虽然他们是在不同等级的仓位。他还因为什么事儿帮了她——她的行李出了点儿问题。看来他在小事情上还是个热心人。而有时，布伦特先生，好心可以得到意想不到的回报。您知道，对于安伯里奥兹先生来说正是这样。他后来在伦敦街头又偶然遇到了这位女士，他当时心情很好，就好心地邀请她与他一起在萨伏依酒店共进午餐。这对她来说可是不期而遇的好事儿，对安伯里奥兹先生则更是一个意想不到的收获！因为他的好心是没有预谋的，他压根儿就没想到这个容颜已逝的中年女子会给他带来一座金矿般的发财机会。但是，她尽管这么做了，却一点儿都没有觉察。您知道她从来都不怎么聪明，虽然是个充满善意的好人，但是——我想说——脑子不是很灵光。"

布伦特说："那么那个叫查普曼的女人不是她杀的了？"

波洛不紧不慢地说：

"我不知道该怎样来讲这件事。我想，还是应该从我开始接触这件事讲起。是关于一只鞋！"

布伦特茫然地问："一只鞋？"

"对，一只带鞋扣的鞋。当时我看完牙从牙医那儿出来，站在夏洛特皇后街五十八号的台阶上。这时一辆出租车停了下来，门开后，一个女人的脚伸了出来。我是个喜欢观察女人脚和脚腕的人。那是只很好看的脚，脚腕也很漂亮，穿着一双昂贵的丝袜。但是我不喜欢那只鞋。这是只崭新的、闪闪发亮的漆皮鞋，还带着一个巨大的装饰鞋扣。不雅观，一点儿都不雅观！当我还在观察这些时,女士整个儿都从车里出来了——坦率地说,实在令人失望——是一位中年女士,没什么魅力,穿着也没有品位。"

"塞恩斯伯里·西尔小姐?"

"非常正确。她下车时发生了事故——她的鞋扣勾到车门,被扯掉了。我把它捡起来并送还给她。就这样,这段插曲结束了。

"后来,同一天,我和贾普探长一起访问了这位女士。顺便提一下,她那时还没有把那个鞋扣缝上。

"当天晚上,塞恩斯伯里·西尔小姐就从她住的酒店出走并消失了。到这里,我们暂且说,第一幕结束。

"第二幕开始是贾普探长召我去利奥波德国王公寓。在那边的一个公寓里有一只皮草箱,皮草箱里发现了一具尸体。我走进那间屋子,走近那只箱子,看到的第一件东西就是一只很破的带鞋扣的鞋!"

"怎么了?"

"您还没有听懂我说的意思,那是一只很破的鞋子——穿得很旧。但是您看,塞恩斯伯里·西尔小姐是在同一天晚上去的利奥波德国王公寓,也就是莫利先生被害的那一天。早晨鞋子还是新的。一个人不可能在一天里把一双新鞋穿旧,您明白了吧。"

阿利斯泰尔·布伦特兴味索然地说:"我想,她也可能有两双这样的鞋吧?"

"啊,但是情况并非如此。因为贾普和我去过她在格伦戈威尔宫廷酒店的房间,并且检查了她所有的东西——没有一双带鞋扣的鞋子。是的,她可能会有一双旧鞋,走累了一天之后,在晚上换上了这双鞋,对吧?但是,如果是这样,另外那双鞋应该在酒店里,您同意吧?"

"我看不出这有什么要紧。"

"不，不要紧，一点儿都不要紧。但是如果有人遇到自己无法解释的问题，就会去下功夫深究。我站在那个皮草箱边上，看着那只鞋——那个鞋扣是有人用手工新缝上的。我得承认我当时曾经怀疑过——我自己。是的，我对自己说，赫尔克里·波洛，你早上是不是飘飘然昏了头了，戴着有色眼镜看世界，把旧鞋子都能看成新鞋子？"

"也许就是这个原因？"

"但是错了，不是这个原因。我的眼睛没有欺骗我！我们继续。我仔细查看了这个女人的尸体，感觉很不舒服。为什么这张脸被刻意、胡乱地毁掉？是不想让人认出来吗？"

阿利斯泰尔有些不耐烦地动了动。他说："我们一定要把这些再讲一遍吗？我们都知道——"

赫尔克里·波洛坚定地说：

"这很有必要，我必须领着您从我走过的路上再走一遍，最终找到真相。我对自己说：'这里面有问题。这儿有具女人的尸体穿着塞恩斯伯里·西尔小姐的衣服（除了鞋子，或许？），拿着塞恩斯伯里·西尔小姐的手提包，但是为什么不让人认出她的脸呢？也许是因为这张脸不是塞恩斯伯里·西尔小姐的脸？'于是我马上开始回想我听到过的另一个女人的样子——就是那间公寓的主人。我问自己，这里躺着的这个死人会不会是另外这个女人呢？于是我去看了这个女人的卧室。我试着想象她是个什么样的女人。从表面上看，她与另外一个很不同，穿戴得体又讲究，很会化妆。但是从基础方面看，并没有大的区别，头发，身材，年龄……但是有一个不同点，阿尔伯特·查普曼夫人穿五号鞋，而我知道，塞恩斯伯里·西尔小姐穿九号丝袜，也就是说她应该至少穿六号的鞋子。这样，查普曼夫人的脚就比塞恩斯伯里·西尔小姐的小。我又回到尸体那边。如果我的推断是对的，如果尸体是穿着塞恩斯伯里·西尔小姐衣服的查普曼夫人，那么鞋子应该过大。我抓起一只脚，但是发现鞋子并不松，反而还很紧。这么看尸体还是塞恩斯伯里·西尔小姐！但是，如果是这样，为什么还要毁了这张脸呢？手提包已经证明了她的身份，它本可以被轻易地处理掉，但却没有。

"这简直是个谜，一个头绪混乱的谜团。绝望之中，我拿起了查普曼夫人的地址簿——唯一可以确认死者身份的人就是牙医，碰巧查普曼夫人的牙医也是莫利先生。莫利已经死了，但还是有办法鉴定身份。结果您已经知道了。接替莫利的医生在法庭上做证尸体就是阿尔伯特·查普曼夫人。"

布伦特有点烦躁不安。但是波洛毫不理会，接着说：

"我遇到了一个心理学问题。梅布尔·塞恩斯伯里·西尔到底是个什么样的女人？这个问题有两个答案。第一个很明显，她有朋友证实她在印度住了很久，他们把她描述为一个诚恳的、做事认真的、有点儿傻里傻气的女人。还有另外一个塞恩斯伯里·西尔小姐吗？显然是有的。这个女人和一个知名的谍报人员一起吃午餐；这个女人在大街上和您搭讪，并且自称是您太太的好朋友——这一点基本上可以肯定是不实之词；这个女人在案发前不久刚从一个男人的诊所里出来；这个女人在那天晚上去拜访了另一个女人，而且很有可能就在那时另外那个女人被谋杀了；这个女人从那时起就消失了，尽管她一定知道伦敦警方正在寻找自己。所有这些行为与她朋友对她的描述一致吗？看起来不一致。所以，如果这个塞恩斯伯里·西尔小姐不是她原本那样和善的好人，那么看起来她就很有可能是个冷血女杀手，或者是个同谋。

"我还有一个准则——我自己的亲身印象。我跟梅布尔·塞恩斯伯里·西尔交谈过。她给我留下了什么印象呢？这，布伦特先生，是个最难回答的问题。她说的话，她说话的方式，她的举止，她的手势符合人们对她的描述。但是，它们也同样符合一个聪明的演员对一个角色的扮演。不管怎么说，梅布尔·塞恩斯伯里·西尔最初就是个演员。

"有一段对话给我留下了深刻印象，就是我和住在伊灵的巴恩斯先生的对话。他那天也去了夏洛特皇后街五十八号看牙。他的理论是——他对此非常武断——莫利和安伯里奥兹的死都纯属偶然，也就是说，真正的目标其实是您。"

阿利斯泰尔·布伦特说："哦，是的，这倒是真的，但是为什么要把莫利也牵扯进来？"

波洛说："因为这个案子里有——怎么说呢？有些丧心病狂的人，他们不计代价，不惜夺走人的生命。是的，一种不顾一切的丧心病狂，这就意味着有更大的阴谋！"

"您不认为莫利是因为出了错儿开枪自杀的？"

"我从来都没有这么想过——一分钟都没有。不，莫利是被谋杀的。安伯里奥兹是被谋杀的，那个不知身份的女人也是被谋杀的。为什么？因为更大的阴谋。巴恩斯的理论是有人试图贿赂莫利或者他的合伙人，以达到暗杀您的目的。"

阿利斯泰尔·布伦特厉声说："一派胡言！"

"啊，可是他说得一点儿道理都没有吗？比如一个人想要铲除某个人，但是对方非常谨慎小心，很难有机会下手。要想杀了这个人就需要在他毫无戒备的情况下接近他，那么，一个人什么时候才能比在牙医诊室里更无戒备呢？"

"呃，这是真的，我想。我从来没有这么想过。"

"这确实是真的。一旦意识到这一点,我就对事情的真相有了最初朦胧的感觉。"

"所以您接受巴恩斯的理论?巴恩斯是谁,顺便问一句?"

"巴恩斯是赖利约在十二点的病人。他从内务部退休,现在住在伊灵。一个无足轻重的小个子。但是,您说我接受了他的理论,那就错了。我没有,我只是接受了其中的精髓。"

"您是什么意思?"

赫尔克里·波洛说:

"一直以来,我都在被误导——有时是无心的,有时是刻意的。一直以来,我都在被暗示、被迫使认为这个案子是我们所说的社会性犯罪案件。也就是说,您,布伦特先生,您的公众人物的身份,才是整个案子的焦点。您这位银行家,您这位国家财政的掌管者,您这位保守势力的拥护者!

"但是所有公众人物都有自己的私生活。我的错就是我忘记了私生活这一块。有人因为私人恩怨想要杀死莫利——比如说弗兰克·卡特。

"也可能有人会由于私人恩怨想杀害您——您的亲属会在您过世后得到财产。有人爱您,也有人恨您——作为一个普通人,而不是公众人物。

"所以我回到了我称作'逼迫识牌游戏'的更高级的事例上。也就是弗兰克·卡特对您的那次所谓的袭击。如果这次袭击名副其实,那么它就是一桩政治性犯罪。但是有没有另外一种解释呢?也许有。树丛里还有第二个人,这个人冲上去抓住了卡特。他可能先开了一枪,然后把手枪扔到卡特身边,后者几乎必然会捡起来,然后被人发现手里握着那把枪……

"我也想过霍华德·赖克斯的问题。赖克斯在莫利死的那天上午也去了夏洛特皇后街。赖克斯对您所代表的一切深恶痛绝。他就是这么一个人，但赖克斯还不止于此，他可能会同您的孙外甥女结婚。如果您死了，您的孙外甥女会继承一笔非常可观的财产，尽管您已经做出了谨慎的安排，使她无法动用本金。

"难道这一切，说到底，不是一桩私人性质的，为了私人利益、满足私人欲望的罪案吗？为什么我之前一直认为它是桩社会性罪案？因为有人将这个概念，不止一次地向我提起，把它强加于我，就好像那张被逼出的纸牌……

"这时，当我有了这个想法之后，我才第一次看到了事情真相的曙光。我当时在教堂里，正在唱着赞美诗——讲的是一个绳索编织的圈套……

"一个圈套？给我设的？是的，有可能是……但如果真是这样，谁设的圈套呢？只有一个人有可能这么做……不过好像讲不通啊——或者讲得通？难道我一直在颠倒着看这个案子吗？莫利不是目标？确实如此！对人生命的无情践踏？是的。因为罪犯承担的风险是巨大的。

"但是如果我的这个新奇的想法是正确的话，它一定要对所有发生的事情都有合理的解释。比如，它必须要能解释塞恩斯伯里·西尔小姐双重性格的秘密，它必须要揭开带着鞋扣的鞋的谜团，它必须要回答出'塞恩斯伯里·西尔小姐现在身处何方'这个问题。

"好吧，它不仅可以解答以上所有的问题，而且还不止这些。它告诉我塞恩斯伯里·西尔小姐关系到这个案子的开头、过程和结尾。所以在我看来，有两个梅布尔·塞恩斯伯里·西尔。事实上也确实有两个梅布尔·塞恩斯伯里·西尔。有一个是她的朋友们所说的那个和善的、有点傻气的好人；另一个是那个和两起凶杀有关，撒了谎，然后神秘消失的女人。

"请记住，利奥波德国王公寓的门童说塞恩斯伯里·西尔小姐之前曾经去过一次……

"以我对这个案情的还原，这是第一次也是唯一的一次。她再也没有离开过利奥波德国王公寓。另外一个塞恩斯伯里·西尔小姐取代了她。这另外一个梅布尔·塞恩斯伯里·西尔，穿着同样款式的衣服，和一双带鞋扣的新鞋，因为其他那些鞋子都太小了。她在某天的一个繁忙时间里去了拉塞尔广场酒店，带走了这个已死女人的衣服，付了账单，然后离开了。她去了格伦戈威尔宫廷酒店。还记得吗，从这时开始，塞恩斯伯里·西尔的朋友们都没再见过她。她在那里扮演了一个星期的梅布尔·塞恩斯伯里·西尔。她穿着梅布尔·塞恩斯伯里·西尔的衣服，用梅布尔·塞恩斯伯里·西尔那样的声音讲话，但是她还必须买一双小一点的晚装鞋。然后——她就消失了，人们最后一次看到她是她在莫利被害的那天晚上再次回到利奥波德国王公寓。"

"您是想说，"阿利斯泰尔·布伦特问，"箱子里的那具尸体最后还是梅布尔·塞恩斯伯里·西尔的？"

"当然是！把脸毁了只是一颗很聪明的烟幕弹，引导人们怀疑死者的身份！"

"可是牙医的证据呢？"

"啊！说到这个，给出证据的并不是牙医本人。莫利已经死了，他不可能再给出任何证据。他本来知道这个死去的女人是谁。现在的这个证据只是那些病人卡片，而那些卡片是伪造的。两个女人都是他的病人，记得吧，只要重新填写那些卡片，把名字换一下就行了。"

赫尔克里·波洛接着说：

"现在您明白当您问我那个女人是不是死了时，我回答说，'这取决于您怎么看'了吧？因为当您说塞恩斯伯里·西尔小姐时，您指的是哪个女人？是从格伦戈威尔宫廷酒店消失的那个，还是真正的梅布尔·塞恩斯伯里·西尔。"

阿利斯泰尔·布伦特说：

"我知道，波洛先生，您一向很有声望。所以我想您做出这么不同凡响的假设一定是有根据的。但在我看来，这只是异想天开的臆测。您说，梅布尔·塞恩斯伯里·西尔是被蓄意谋杀的，莫利也是因为怕他能认出她的身份而被谋杀的，对吧？但是为什么？我想知道，这个女人，一个完全没有危害到谁的中年女人——有很多朋友，显然没有什么敌人——究竟为什么有人要用这么个大阴谋来杀害她呢？"

"为什么？是的，正是这个问题。为什么？正如您所说，梅布尔·塞恩斯伯里·西尔是个毫无杀伤力的人，连只苍蝇都危害不到！那么为什么她会被蓄意地、惨无人道地杀害呢？让我来告诉您我的想法。"

"嗯？"

赫尔克里·波洛身体前倾，说：

"我相信梅布尔·塞恩斯伯里·西尔被害是因为她碰巧有对于见过的人过目不忘的本领。"

"您是什么意思？"

赫尔克里·波洛说：

"我们已经把双重人格分离了开来。一个是从印度来的与世无争的女士，还有一个是聪明的演员，扮演了那个从印度回来的与世无争的女士。但是有一件事落在这两个角色之间。在莫利先生房前跟您说话的是哪个梅布尔·塞恩斯伯里·西尔小姐？您记得，她自称是'您太太的一个好朋友'。现在她的这个说法，无论是基于她朋友的判断，还是正常的可能性推理，都被证明是不属实的。所以，我们可以说：'这是个谎言，真正的塞恩斯伯里·西尔小姐是不会说谎的。'所以这是冒名顶替者为了达到某个目的而撒的谎。"

阿利斯泰尔·布伦特点点头。

"是的，这个推断很清晰，尽管我还是不明白目的是什么。"

波洛说：

"啊，对不起。但是让我们先从另一个角度来看看。那个真正的塞恩斯伯里·西尔小姐，她不说谎，所以她讲的是真话。"

"我想您是可以这么看，但是这看上去非常不可能——"

"当然不可能！但是暂且把这第二个假设当作事实吧——她说的是真话。那么塞恩斯伯里·西尔小姐确实认识您太太，而且很熟悉。那么，您太太一定是塞恩斯伯里·西尔小姐非常熟悉的那种人，一个和她有着相同生活状况的人，一个英属印度人，一个传教者——或者，再往前说——一个演员，那么——就不会是丽贝卡·阿诺德！

"现在，布伦特先生，您明白我为什么要谈论私人生活和公众生活了吧？您是位伟大的银行家，但是您同时也娶了一位有钱的阔太太。在您和她结婚前，您仅仅是一个公司——离牛津不远——的初级合伙人。

"您知道，我开始从正确的方向来看待这个案子。不惜代价？对您来说这是很自然的事儿。毫不吝惜他人的生命——这一点也同样，因为您早就是个名副其实的独裁者了。对于独裁者来说，他自己的生命至关重要，而别人的生命则无足轻重。"

阿利斯泰尔·布伦特说："您想说什么，波洛先生？"

波洛不动声色地说：

"我想说，布伦特先生，当您和丽贝卡·阿诺德结婚时，您已经是个有妇之夫。我想说，出于对美好未来的渴望，又由于您当时既没有什么财富，又没有什么权势，您就隐瞒了这个事实，刻意地犯了重婚罪。我想说，您真正的太太默认了这个局面。"

"那么这个真正的太太又是谁呢？"

"她冒用了阿尔伯特·查普曼夫人这个名字住在利奥波德国王公寓——一个很方便的地点，离您在切尔西堤的房子步行不到五分钟。您借用了一个真正的特工的名字，知道这样就可以帮她向人们暗示她丈夫是做谍报工作的。您的计划非常完美地实现了，没有引起过任何怀疑。然而，事实终归是事实，您从未合法地与丽贝卡·阿诺德结婚，而且犯了重婚罪。这么多年过去了，您从来没有想到过会有什么危险。这时它突然出现了——来自一个讨厌的近二十年后还记得您的女人。她偶然回到英国，偶然在夏洛特皇后街与您相遇；也是出于偶然，您的孙外甥女当时跟您在一起，听到了她对您说的话。否则我可能永远都猜不到。"

"那是我自己告诉您的，亲爱的波洛。"

"不对，是您的孙外甥女坚持要告诉我的，而您又不能明显地横加阻拦，以免引起怀疑。那次见面之后，又有一件倒霉事（对您来说）发生了。梅布尔·塞恩斯伯里·西尔遇到了安伯里奥兹，同他一起吃了午餐，对他讲起了跟一个朋友丈夫的那次相遇——'这么多年过去了！''当然，看上去老了点儿，但几乎没什么变化！'我承认，这完全是我的猜想，但是我相信事情就是这么发生的。我想梅布尔·塞恩斯伯里·西尔小姐一点儿都没有想到她朋友嫁给的那个布伦特先生是当今世界金融的幕后操纵者。您的名字，不管怎么说，都非同凡响。还记得安伯里奥兹吧，他除了干那些间谍活动之外，还是个敲诈勒索者。勒索者对于秘密有着异乎寻常的嗅觉。安伯里奥兹心下一盘算，很容易就发现了这位布伦特先生的秘密。然后，我相信，他给您写了信，或者打了电话……噢，是的，对于安伯里奥兹来说，您是一座金矿。"

波洛停歇片刻，接着说：

"对付一个高效又有经验的勒索者只有一种有效的办法——让他闭嘴。这个案子并不像我之前误认为的那样，是'布伦特一定得滚蛋'，相反，是'安伯里奥兹必须滚蛋'。不过答案都是一样的！要接近一个人，最容易的方法就是趁他毫无防备之时，那么一个人在什么时候能比躺在牙医椅子上时更无防备呢？"

波洛又停顿了一下，一丝难以觉察的微笑浮现在他的嘴边。他说：

"这个案子的真相很早就有人提及——门童艾尔弗雷德。他当时正在读一本犯罪小说，题目是《死于十一点四十五分》。我们当时就应该意识到这个预示。因为，这正好是莫利遇害的时间。您在准备离开诊室时开枪打死了他，接着您按响了蜂鸣器，打开了洗手池的水龙头，离开了那个房间。您掐算好时间，好让自己下梯时刚好碰上艾尔弗雷德领着那个冒牌的梅布尔·塞恩斯伯里·西尔进电梯。您确实打开了前门，也许还走了出去，但是当电梯关门向上运行的时候，您又溜进房子，从楼梯上了楼。

"基于我的亲身经历，我知道艾尔弗雷德是怎么领病人上楼的。他会先敲敲门，打开门，向后退一步让病人进去。里面的水还在流——可以推论，莫利像往常一样还在洗手。但是艾尔弗雷德其实看不到他。

"等艾尔弗雷德从电梯下去之后，您就立即溜进那个诊室，和您的同谋一起把尸体抬进了相连的那个办公室。然后迅速在病人档案里找出查普曼夫人和塞恩斯伯里·西尔小姐的卡片，伪造了记录。您穿上白大褂，也许您太太还帮您稍作化妆，但其实不需要做什么，因为那是安伯里奥兹第一次去莫利那儿看牙。况且他从没有见过您，您的照片也很少在报纸上出现。另外，他为什么要怀疑呢？勒索者并不害怕他的牙医啊。塞恩斯伯里·西尔小姐下了楼，艾尔弗雷德把她送出门。蜂鸣器响起，安伯里奥兹被送上楼。他看到牙医在门背后洗手，一切无恙。他被领进牙医椅，把那颗疼痛的牙指给医生看。您按照医生的惯例与他交谈。您解释说最好要麻醉他的牙龈。普鲁卡因和肾上腺素就在那里。您给他注射了足以致死的剂量。顺便说一句，他因此不会对您的医术产生任何怀疑！

"安伯里奥兹走时没有任何疑心。您把莫利的尸体拉出来放在地板上，又往地毯上拖了一点。这时，您只能自己来做这件事。您把手枪擦干净放在他手里，又擦干净门把手——这样您的指纹就不会最后留在上面——把您用过的仪器都扔进消毒器里。然后您离开了那个房间，在合适的时间从楼梯上走下去，并溜出大门。这是您唯一有危险的时刻。

"一切都应该顺利过去了！两个对您有威胁的人都死了。第三个人也死了——但是，在您看来，这不可避免。而且，所有这些都有很好的解释。莫利自杀是因为他对安伯里奥兹犯了个错，这样一下就死了两个。一次令人遗憾的事故。

"但是出乎您的意料，我出场了。我产生了怀疑，对已有的解释提出了异议。一切都没有如您所愿的那样顺利进行。所以一定得有第二个防范措施。如果需要，一定要有个替罪羊。您对莫利那里的情况早已了如指掌。弗兰克·卡特，就是个合适的人选。于是您的同谋就以秘密工作者的形式安排他做了一名园丁。如此，将来他讲出这段荒诞经历就没有人会相信。到一定的时候，皮草箱子里的尸体会被发现。一开始，人们会认为那是塞恩斯伯里·西尔小姐，然后牙医的证明会推翻这个结论。巨大的轰动！看上去这似乎没有什么必要，而且会将事情复杂化，但其实不然。您不想让英国警方四处寻找失踪的阿尔伯特·查普曼。不，那就让查普曼夫人死吧，让警察去找梅布尔·塞恩斯伯里·西尔，因为他们永远也不可能找到她。另外，您可以通过您的影响力叫停对于本案的调查。

"您确实这么做了。不过，您还需要知道我在做什么，于是您把我叫来，敦促我去找那个失踪的女人。您继续不断地'强加牌'给我。您的同谋给我打电话，煞有介事地威胁我，同样的招数——间谍，社会性谋杀。她是个聪明的演员，您的这位太太，为了掩盖自己原有的声音，故意模仿别人说话。您太太模仿了奥利维娅夫人的说话语调。应该说，这一招确实迷惑了我。

"后来我又被带到爱夏庄，最后的表演开始了。将一把装好子弹的手枪摆在月桂树丛中是很容易的。一个正在剪枝的男人，无意中把它弄走火了，枪掉在他脚下，惊慌失措中他把枪捡起来。还能怎么样呢？他被当场抓获，还附带一个荒唐的故事。而且手枪与杀害莫利的那把是一对儿。

"所有这些都是一个圈套，等着赫尔克里·波洛来跳呢。"

阿利斯泰尔·布伦特在椅子里动了动。他面色阴沉，而且有点悲伤。他说："别误解我，波洛先生，有多少是您的猜测？又有多少是您确实知道的？"

波洛说：

"我找到了那份结婚证书——在牛津附近的一个婚姻登记

处——是马丁·阿利斯泰尔·布伦特和格尔达·格兰特两个人的。弗兰克·卡特在十二点二十五分刚过时看到两个男人从莫利的诊室出来。第一个人很胖——安伯里奥兹;第二个,当然就是您。弗兰克·卡特没有认出您来,他只是从上面往下看到了。"

"您可真诚实!"

"他走进诊室,发现了莫利的尸体。他的手已经冰凉,伤口周围的血也干了。这就说明莫利已经死了一段时间。所以,给安伯里奥兹看牙的人绝不可能是莫利,而是杀害莫利的凶手。"

"还有什么?"

"对了,海伦·蒙特雷索今天下午被捕了。"

阿利斯泰尔·布伦特的身体为之一震,然后他一动不动地坐在那里。他说:"那么——谜底揭开了。"

赫尔克里·波洛说:

"是的,真正的海伦·蒙特雷索,您的远房表妹,七年前死于加拿大。您隐瞒了事实,并利用了它。"

一丝笑容出现在阿利斯泰尔·布伦特嘴边,他自然地、带着孩子般满足的神情说:

"这一切都是因为格尔达玩得太过火了。我想让您知道,您是如此聪明,我跟她结婚时没有告诉别人。她当时在话剧团当演员。我周围都是那种很自律的人,而且我正要成为公司合伙人。我们商定先不公开。她继续演戏。梅布尔·塞恩斯伯里·西尔也在公司里,她认识我们。后来她跟一个旅行社出国了,格尔达收到过一两封她从印度的来信。之后她就不写了。梅布尔又跟印度扯上了关系,她永远都是一个愚蠢轻信的女人。我希望我能让您理解我跟丽贝卡的相识和我的婚姻。格尔达理解我。我只能用'王室'来描述我们的关系。这桩婚姻让我和女王结婚,扮演女王的丈夫,甚至是国王。在我看来,我和格尔达的婚姻是贵贱通婚,我爱她,不想抛弃她。这一切其实一直都发展得很顺利。我非常喜欢丽贝卡。她是一个极有金融头脑的女人,而我也不输给她。我们是很好的工作伙伴,这真是令人激动啊。她是个出色的伴侣,我想我也让她感到很幸福。她死的时候我非常难过。奇怪的是,我和格尔达渐渐地喜欢上了秘密幽会带来的兴奋,我们用了各种有创意的手段。她天生就是个演员,扮演过七八个角色——阿尔伯特·查普曼只不过是其中之一。她曾经是一个住在巴黎的美国寡妇,我出差时和她在那里幽会;她曾经是一个画家,带着画具去挪威,我则去那边钓鱼。后来,我让她假扮我表妹,海伦·蒙特雷索。这对我们来说都特别有趣,我想,也让我们一直保持着相互的吸引力。丽贝卡死后,我们本可以正式结婚,但是我们并不想。格尔达觉得正式成为我太太会过得比较辛苦,当然,过去的事情也可能会被挖出来。不过我想我们继续这样做的真正原因还是我们喜欢其中的神秘色彩。如果公开地生活在一起,我们可能会感到无聊。"

布伦特停顿了一下,再开口时,他的声音变得强硬起来:

"然后,就是那个傻女人把一切都搞砸了。过了这么多年,她竟然还认得出我!而且告诉了安伯里奥兹。您知道——您一定明白——必须要做点儿什么!这并不完全是为了我自己,不只是出于自私。如果我被毁了,名誉扫地——国家,我的国家也会受到牵连,因为我还是为英格兰做了点儿事的,波洛先生。是我支撑着它一直坚挺,是我让它保持着财力。它没有遭到独裁者的践踏——无论是法西斯还是共产主义。我对金钱本身并不在乎,我在乎的是权力,我喜欢统治,但是我不会搞专制。我们英格兰是民主国家——真正的民主国家。我们可以发牢骚,可以随心所欲地谈论政治家，甚至取笑他们。我们是自由的。这是我所喜欢的，我一生也都在为此而奋斗。但是，如果我倒台了，那么您知道会发生什么样的事情。国家需要我，波洛先生。一个可恶的成天敲诈勒索的希腊无赖想要毁了我一世的英明，我必须采取措施。格尔达也明白这一点。我们对塞恩斯伯里·西尔这个女人感到抱歉，但是没有办法，我们必须让她闭嘴。我们不相信她能保守秘密。格尔达去找她，说请她喝茶，告诉对方自己住在查普曼夫人的公寓里。梅布尔·塞恩斯伯里·西尔去了，一点儿都没有怀疑。她什么都不知道——巴比妥钠是放在茶里的，没有任何痛苦，只是睡过去再也不会醒来。脸是后来才弄的，虽然令人作呕，但是我们觉得有必要这么做。查普曼夫人要完全消失。我让我的'表妹海伦'住在这儿的一个农舍里。我们已经想好，再过一段时间我们就结婚。但是首先，我们要把安伯里奥兹除掉。这次干得很漂亮。他没有怀疑我不是个牙医，我自己对那些器具也掌握得很好。我没敢用牙钻。当然，给他打完麻药后他什么也感觉不到。也许用钻头也没问题！"

波洛问："手枪呢？"

"那两把手枪其实属于我原来在美国的一个秘书。他从国外什么地方买的，离开时忘记带走了。"

一阵沉默。

阿利斯泰尔·布伦特问："您还有什么想知道的吗？"

赫尔克里·波洛说："那么莫利呢？"

阿利斯泰尔·布伦特轻描淡写地说："我对莫利感到抱歉。"

赫尔克里·波洛说："好吧，我明白了……"

又是一阵长时间的沉默。

布伦特说："那么，波洛先生，怎么样？"

波洛说："海伦·蒙特雷索已经被捕了。"

"所以现在轮到我了？"

"是的，我就是这个意思。"

布伦特温和地说："但是您对此并不感到高兴，对吧？"

"是的，我一点儿都不高兴。"

阿利斯泰尔·布伦特说："我杀了三个人，所以估计应该会上绞刑架。但是您也听了我的辩词。"

"那是——具体地说？"

"就是我相信，我全身心地相信，我对这个国家持久的和平及安宁是有用的。"

赫尔克里·波洛承认说："是的，也许是这样。"

"您同意，对吗？"

"我同意，是的。您代表着我认为的那些很重要的东西，健全、平衡、稳定以及诚实。"

阿利斯泰尔·布伦特轻轻地说了声："谢谢。"他接着问："那么，怎么样呢？"

"您建议我——退出这个案子？"

"是的。"

"那您的太太呢？"

"我有办法，可以说弄错人了嘛。"

"如果我不答应呢？"

"那么，"阿利斯泰尔·布伦特轻松地说，"我就甘愿受罚。"他继续说："一切都在您的掌握中，波洛，由您来决定。但是我告诉您，我这不只是为了自保——这个世界需要我。您知道为什么吗？因为我是个诚实的人，因为我懂得常识，而且我没什么私心。"

波洛点点头。奇怪的是，他同意这些说法。

他说："是的，这只是一方面。您是很胜任您现在的工作。您很明智，有判断力和平衡能力。但是还有另外一面，那三条死去的人命。"

"是的，但是您想想这些人！梅布尔·塞恩斯伯里·西尔，您自己都说她是一个傻女人！安伯里奥兹，一个坏人、敲诈勒索犯！"

"还有莫利呢？"

"我之前已经告诉过您，我为莫利感到抱歉。不管怎么说，他是个正直体面的人，也是个好牙医，但是还有其他的牙医啊。"

"是的，"波洛说，"是还有其他牙医。弗兰克·卡特呢？您也会把他送上断头台，没有愧疚？"

布伦特说："对他我没有任何怜悯之心。他一无是处，是个彻头彻尾的无赖。"

波洛说："但也是一条人命……"

"哦，我们都是人……"

"是的，我们都是人。这就是您不记得的地方。您刚才说梅布尔·塞恩斯伯里·西尔是个愚蠢的人，安伯里奥兹是个邪恶的人，弗兰克·卡特是个懒惰无用的人。莫利呢，也只不过是个牙医，反正还有其他的牙医。布伦特先生，这就是您和我见解不同的地方。在我看来，这四个人的生命和您的一样重要。"

"您说错了。"

"不，我没说错。您是一个天生诚实、有准确判断力的人，但您走错了一步——表面上您没有受到任何影响。公开场合里，您还是像以前一样，正直，可靠，诚实。但是内心，您对权力的热爱已经发展到惊人的地步。所以您牺牲掉四个人的性命，而且觉得无关紧要。"

"您难道没有意识到,波洛,这整个国家的安全和幸福都需要我来维系吗?"

"我并不为全国人民担忧,先生。我为每一个有权不被夺取性命的个人而担忧。"

他站起身来。

"那么,这就是您的回答了。"阿利斯泰尔·布伦特说。

赫尔克里·波洛用疲惫的声音说:"是的,这就是我的回答……"

他向门口走去,打开门。两个男人走了进来。

2

赫尔克里·波洛从楼梯上走下来,一个女子在那里等他。

简·奥利维娅,面色惨白,神情紧张,站在壁炉前。她边上站着霍华德·赖克斯。

她问:"怎么样了?"

波洛温柔地说:"都结束了。"

赖克斯粗暴地问:"您是什么意思?"

波洛说:"阿利斯泰尔·布伦特先生由于谋杀已经被捕。"

赖克斯说:"我以为他会把您给收买了……"

简说:"不,我从来都没有这么想过。"

波洛叹了口气。他说:

"世界是你们的。崭新的天空,崭新的大地。在你们的新世界里,孩子们,一定要让它有自由,有怜悯……这就是我对你们的要求。"

十九，二十，终散席——

赫尔克里·波洛沿着空无一人的马路往家走。

不知不觉中有个人影出现在他身边。

"怎么样?"巴恩斯先生问。

赫尔克里·波洛耸耸肩膀,双手一摊。

巴恩斯说:"他是怎么说的?"

"他什么都承认了,辩解说是为了正当理由。他说这个国家需要他。"

"确实如此。"巴恩斯先生说。

一两分钟后他又说:"您不这么想吗?"

"是的,我也这么想。"

"那么,然后——"

"我们也许错了。"赫尔克里·波洛说。

"这我倒没想过,"巴恩斯先生说,"也许吧。"

他们走上了一条小路,

巴恩斯好奇地问:"您在想什么?"

赫尔克里·波洛这时引用道:"你既厌弃耶和华的命令,耶和华也厌弃你做王。"①

"哦,我知道,"巴恩斯先生说,"扫罗——攻打亚玛力人之后。是的,你可以这么认为。"

---

① 语出《圣经·撒母耳记上》第十五章。耶和华命令以色列王扫罗除灭亚玛力人,包括吃奶婴孩和牲畜。但扫罗不顺从神的命令,怜惜亚玛力王亚甲,又爱惜亚玛力人上好的牛羊,不肯灭绝,故遭上帝厌弃。

他们又同行了一段路，然后巴恩斯说："我要在这儿换地铁，晚安，波洛。"他停下来，又有点儿尴尬地说："您知道，有件事儿我想告诉您。"

"什么，我的朋友？"

"我觉得对不住您，因为无意中把您误导了。实际上，阿尔伯特·查普曼 Q.X.912……"

"怎么？"

"我就是阿尔伯特·查普曼。这也是我为什么感兴趣的部分原因。不过，您知道，我从来都没有妻子。"

他匆匆地走了，一边暗自发笑。

波洛一动不动地站着，他的眼睛睁得大大的，眉毛挑了起来。

他自言自语道："十九，二十，终散席……"然后朝家走去。

One, Two, Buckle My Shoe
Copyright © 1940 Agatha Christie Limited. All rights reserved.
© 2013 Letter for Chinese Reader, New Star Edition by Mathew Prichard.
www.agathachristie.com
The Poirot icon is a trademark, and AGATHA CHRISTIE, POIROT, *Agatha Christie*
and the AC Monogram Logo are registered trade marks of Agatha Christie Limited in
the UK and/or elsewhere. All rights reserved.
Published by agreement with ACL.
Simplified Chinese edition copyright: 2025 New Star Press Co., Ltd.

图书在版编目（CIP）数据

牙医谋杀案 /（英）阿加莎·克里斯蒂著；赵飞译．——2 版．——北京：新星出版社，2023.2（2025.8重印）

ISBN 978−7−5133−3945−2

Ⅰ.①牙… Ⅱ.①阿… ②赵… Ⅲ.①侦探小说−英国−现代 Ⅳ.① I561.45

中国版本图书馆 CIP 数据核字 (2022) 第 091850 号

午夜文库
谢刚 主持

牙医谋杀案

［英］阿加莎·克里斯蒂 著；赵飞 译

责任编辑：王　欢　　　**统筹编辑**：王　欢
责任校对：刘　义　　　**责任印制**：李珊珊
封面插图：宣　和　　　**装帧设计**：周伟伟

出版发行：新星出版社
出 版 人：马汝军
社　　址：北京市西城区车公庄大街丙3号楼　　100044
网　　址：www.newstarpress.com
电　　话：010-88310888
传　　真：010-65270449
法律顾问：北京市岳成律师事务所

读者服务：010-88310811　　service@newstarpress.com
邮购地址：北京市西城区车公庄大街丙3号楼　　100044

印　　刷：三河市兴达印务有限公司
开　　本：910mm×1230mm　　1/32
印　　张：7.875
字　　数：100千字
版　　次：2023年2月第二版　　2025年8月第三次印刷
书　　号：ISBN 978-7-5133-3945-2
定　　价：42.00元

版权专有，侵权必究；如有质量问题，请与印刷厂联系调换。